实用对联集锦

袁一平 等◎编

气象出版社
China Meteorological Press

图书在版编目(CIP)数据

实用对联集锦 / 袁一平等编. -- 北京 : 气象出版社, 2016.11(2018.6重印)

ISBN 978-7-5029-6457-3

Ⅰ.①实… Ⅱ.①袁… Ⅲ.①对联-作品集-中国 Ⅳ.①I269

中国版本图书馆CIP数据核字(2016)第256504号

实用对联集锦

Shiyong Duilian Jijin

出版发行：气象出版社

地　　址：北京市海淀区中关村南大街46号　　**邮政编码**：100081

电　　话：010-68407112(总编室)　010-68408042(发行部)

网　　址：http://www.qxcbs.com　　**E-mail**：qxcbs@cma.gov.cn

责任编辑：殷　淼　　**终　　审**：邵俊年

责任校对：王丽梅　　**责任技编**：赵相宁

封面设计：符　赋

印　　刷：三河市君旺印务有限公司

开　　本：787 mm×1092 mm　1/16　　**印　　张**：10.5

字　　数：200千字

版　　次：2016年11月第1版　　**印　　次**：2018年6月第3次印刷

定　　价：32.00元

前言

对联是我国特有的文学形式，是文学史上的瑰宝，它平仄相对、字数对称，音韵铿锵、含意深长。“一元复始，万象更新”令人精神一振、奋发向上。“物华天宝，人杰地灵”歌颂祖国山河壮美、人才辈出。“生当作人杰，死亦为鬼雄”激励人们勇往直前、有所作为。“苟利国家生死以，敢因祸福避趋之”鞭策世人要以国为重、不计名利，国难当头，应当舍生取义。“总理辞人寰，悲歌壮烈腾江海；后辈承遗志，赤旗奋勇卷波澜”歌颂周总理的丰功伟绩、高尚人格，寄托无尽的哀思，表达不辜负总理遗愿、把祖国建设得更好的决心……一副副对联，不同的内容，不同的感情，吟咏它，能陶冶情操，提高品味，思想得到升华，艺术上得到享受。千百年来，对联以其独特的艺术魅力，赢得人们的喜爱。春节来临，家家张灯结彩，喜贴对联，相互吟咏、祝贺。旅游景点的楹联，为美丽的风景增添色彩，欣赏、评论楹联也成为游客的一大乐趣……新中国成立前，在笔者的家乡，姑娘出嫁，先出一上联给男方，如对不上来，姑娘决不上轿，表示女家有文化、有修养，男家则是“土包子”。

在交谈、开会演讲中，引用对联，或在朋友亲戚中写出好的寿联、婚联、趣联，立即受到人们的赞赏，活跃欢乐的气氛。写出好的挽联，恰如其分地进行评价，能慰藉其亲属朋友。在当今中考、高考中的写作，恰到好处地引用对联或写出一副对联，就能显示出考生的文学修养，提高作文的分数，增加录取机会。反之，如果对对联知识了解甚少，就会贻笑大方。比如一个医生家贴的春联“救死扶伤，精心治疗”，姑且不论是否符合对联的要求，单就一个“死”字贴在大门上，岂不倒霉晦气之至。

对联，源远流长，传说起源于五代后蜀主孟昶在寝门桃符板上的题词“新年纳余庆，嘉节号长春”，称之“题桃符”。到宋朝时推广用在楹柱上，遂称“楹联”。后又普遍作为装饰及交际庆吊之用，通称之“对联”“对子”。

对联分为春联、寿联、婚联、挽联、趣联、楹联等。

对联，字数不论多少，要求上下联字数相同，结构相同，上下联的字一般不重复，又分为窄对、宽对。窄对要求严格，上下联词性相同，每个字平仄声相对。宽对为结构相同，个别词性可有不同，上下联最末一个字平仄在特殊情况下不受限制，如七字联，一三五不论，二四六分明。从文学艺术性要求来看，以窄对为贵。

不同类别的对联在内容上也有不同的要求。春联要针对不同家庭、不同行业，应写得贴切，预示吉祥。寿联要切合人物的身份、主要功绩来赞颂、评价。婚联应考虑双方的职业、兴趣、性格特点、婚姻情况（如复婚）。挽联应考虑对方的辈分，死者生前工作情况、死后家庭情况（如老幼生活无着落）、去世原因（如车祸）。楹联应看其地理位置、特有的景色、与周围环境的关系。总之，写人要体现人物的个性，写景要写出景物的特色，记事要言简意赅、高屋建瓴，抒情要有真情实感、感人肺腑，切勿无病呻吟、矫揉造作。

本人三十多年来，从报刊上广泛搜集整理，加之旅游时加以抄录，收录对联约 2400 条集成此书。需要指出的是，本人水平有限，加之对名胜楹联不能一一核对，难免有一些出入，敬请广大读者多多指教与谅解，使之更加完善。

有极少数对联从内容和形式上进行分类，有重复出现，敬请关注。

本书由袁一平、孙礼钢、周冬梅、王秋霖、王羽瑶、陈媛、刘慧、袁林阳共同编写，袁一平统稿。

编者

2016.7

目 录

目录

春 联

四字联

笑迎新春
喜庆佳节

鸿图大展
辉煌永恒

吉祥如意
幸福美满

春回大地
福满人间

年年如意
岁岁平安

物华天宝
人杰地灵

宝地进财
福门生金

一元复始
万象更新

一帆风顺
四季好运

千年富贵
百岁平安

前程远大
后步宽宏

年丰人乐
国富民强

百花齐放
万木争荣

萱庭日永
兰室春和

四路进宝
八方来财

花开富贵
竹报平安

门开百福
户纳千祥

六畜兴旺
五谷丰登

抬头见喜
举步生风

春燕剪柳
喜鹊登梅

瑞霭佳地
福蕴新居

山河壮丽
岁月峥嵘

竹报三多
梅开五福

军民义重
鱼水情深

海阔鱼跃
天高鸟飞

物华焕彩
天宝呈祥

福如东海
寿比南山

吉祥如意
宝贵安康

天天进宝
年年来财

国家兴旺
人民安康

江山不老
神州永春

春安夏泰
秋吉冬祥

百业兴旺
五福临门

财源茂盛
生意兴隆

四海生色
五湖呈祥

鸿鹄得志
桃李争春

龙飞凤舞
燕语莺歌

年年大发
岁岁有余

岁通盛世
人逢年华

年安人乐
国富民强

人勤春早
国泰民安

家居吉地
人在福中

春风得意
丽日舒怀

九州进宝
四海生财

春回大地
福满人间

吉星高照
万事亨通

书画益寿
金石延年

梅映红日
雪兆丰年

鹊送喜报
风传佳音

放眼世界
胸怀祖国

着眼四化
立足本职

春临大地
喜到人间

克勤克俭
为国为民

人寿年丰
国泰民安

春光骀荡
国步龙腾

新春佳运
全年顺心

三羊开泰
五福临门

红梅点点
春意融融

精神万古
气节千秋

抬头见喜
动手生财

春光满面
瑞气盈门

蒸蒸日上
欣欣向荣

招财生宝
迎春接福

九州日丽
四海春新

红梅报喜
瑞雪迎春

金楼焕彩
玉宇呈祥

党兴军旺
法严政明

高堂吉庆
华室生辉

山欢水笑
物阜民康

财多福厚
人和家兴

神州光彩
人物风流

东风化雨
政策归心

岁岁如意
家家吉祥

人财两旺
福寿双全

百年好运
合家幸福

境由心造
事在人为

迎春入院
接福登楼

春光满院
财气盈门

风调雨顺
国泰民安

三星高照
五福临门

鸿福满院
喜气盈门

迎春接彩
恭喜发财

祥云捧日
玉树临风

人财两旺
福寿双全

迎春入院
接福登堂

春光遍地
瑞气盈门

财源茂盛
家业兴隆

云山风度
松柏精神

八方锦绣
万里春晖

莺啼北里
燕语南邻

金盆聚宝
银树摇钱

东坡风度
北海襟怀

江山壮伟
人物风流

百花齐放
九州同春

和谐社会
幸福家庭

国强民富
政通人和

国期大治
民乐小康

江山不老
九州永春

江山如画
大地皆春

春临宅第
喜上眉梢

春和景丽
物阜人康

春风拂户
喜气盈门

春安夏泰
秋吉冬祥

五字联

日照三春暖
花开四季春

和顺增百福
平安值千金

门对千棵树
家藏万卷书

户外千峰秀
庭前百卉妍

家居黄金地
人在富贵中

春风惠万物
桃李香九州

梅开春烂漫
竹报岁平安

田园金聚宝
山野树摇钱

上天言好事
下界保平安

勤俭摇钱树
知识聚宝盆

平安财路广
富贵喜气多

新春添新景
佳书报佳音

新春添富贵
佳节报平安

花开万户笑
喜降千门福

锦绣山河美
光辉大地春

千家迎新岁
万户庆丰年

四季花长艳
百年月永圆

爆竹声声脆
梅花点点红

院内摇钱树
门前万木香

春风荣草木
正气壮河山

天赐千金福
地生万年财

院内摇钱树
堂前聚宝盆

山河增秀色
大地浴春晖

和气财路广
安康喜事多

玉堂浮瑞气
金屋耀祥辉

新春临吉第
鸿福进华堂

凯歌辞旧岁
豪情迎新春

勤为摇钱树
俭是聚宝盆

门迎摇钱树
家有聚宝盆

岁岁春满院
年年喜盈门

风来花自舞
春临鸟能言

伟业千秋秀
神州万古新

人无信不立
天有日方明

神州多豪俊
社稷重英才

开业逢盛世
发财在今朝

园丁育桃李
雨露润禾苗

教育千秋业
花红一园春

锐眼观天下
妙笔书春秋

艺苑百花俏
文坛万象新

人寿福满堂
花开富贵春

喜中华盛事
庆天下皆春

山水含春意
风云入画图

人民歌盛世
草木焕新春

红梅映旭日
青松添新枝

风暖日光丽
气清天宇高

春风花草地
疏雨杏花天

草色和日暖
梅花带月寒

春催千山秀
花放万里香

春到千山秀
花开万里香

普天开远景
大地换新风

云山添秀色
河海泛春潮

彩云捧旭日
朝霞染红梅

书山勤为径
学海苦作舟

新年兴大业
佳岁展宏图

灯照千门喜
春暖万人心

天赐平安福
地生富贵财

迎春常富贵
接福永平安

今朝学业进
明日栋梁材

家景年年好
财运步步高

万里春风暖
一门喜气生

海阔凭鱼跃
天高任鸟飞

芳草年年绿
大地处处新

六合同春日
三阳开泰时

斗室乾坤大
寸心天地宽

风清杨柳梦
云淡海棠明

旧岁除旧俗
新年启新知

园花舒腊雪
庭树驻春晖

瑞雪漫天舞
红梅着意开

和风吹绿柳
时雨润春苗

春风吹大地
爆竹乐九霄

春归花不落
风静月常明

康宁增富贵
团圆合家欢

天开新岁月
人改旧乾坤

家有福星照
财如人意来

年瑞人增寿
春新福满门

云碎一春影
风含百鸟声

山河益壮丽
日月更峥嵘

欢度九州节
讴歌四海春

文高绿竹雅
望重红梅芳

日子天天好
生活步步高

吃得苦中苦
方为人上人

春风引紫气
大地发清华

政通千家乐
人和万户春

云卷千峰色
泉和万籁声

影坛新苗壮
艺苑百花开

勤劳家家富
节俭年年丰

三阳生瑞气
百鸟唤春光

常鼓兴邦志
永怀报国心

栋梁砥华夏
桃李芳九州

伯乐荐骏马
良师育英才

九州春意闹
四化宏图开

政开富裕路
民尽报国心

东风拂大地
政策暖人心

少年立壮志
华发成伟业

四化新岁月
锦绣好山河

展青春金翅
扬时代雄风

安定千家乐
辛勤五谷香

新年纳余庆
佳节号长春

春促山河变
人描天地新

清音歌盛世
妙笔著华章

春到风光美
家兴喜事多

江山千古秀
大地万家春

春来千枝秀
冬去万木苏

大地春风暖
神州幸福多

财源通四海
春色满人间

开门迎丽日
举步拂春风

红梅开万户
翠竹报五福

千门迎晓日
四化乘春风

喜鹊登高树
红梅报早春

四海春风洽
九州岁月长

春风添画意
岁月赋诗情

门门增瑞霭
户户建文明

岁岁春满院
年年喜盈门

六字联

冬去山明水秀
春来鸟语花香

笑谈天地今古
苦究字词句篇

千古龙盘虎踞
万家燕舞莺歌

加强物质建设
发扬精神文明

领略家乡风味
温馨故里人情

读书心存四化
实践志在真知

春好群芳共喜
禾丰举国同欢

华夏青山不老
神州绿水常流

桃红复含春雨
柳绿更带朝阳

喜炮声声报喜
春联对对迎春

梅蕊乐开五福
竹风喜报三多

细雨无声润物
和风会意迎春

山清水秀着艳
花好月圆含香

唤来春风拂面
留得淑景宜人

人欢鸟叫春早
雨顺风调年丰

万里江山如画
门户四时皆春

景美年丰国瑞
春新日丽人欢

壮志五湖四海
春光一刻千金

艺苑百花争艳
文坛万象更新

克勤克俭持家
同心同德建国

发展体育运动
增强人民体质

风景这边独好
江山如此多娇

春风春雨春色
新年新岁新景

学习雷锋精神
建设时代文明

百花生香吐艳
四化跃马扬鞭

江山万里如画
神州四时皆春

到处山欢海笑
遍地虎跃龙腾

喜报英雄门第
春临光荣人家

马啸英雄浩气
羊鸣世纪春光

伸张革命正气
维护法制尊严

加强计划生育
控制人口增长

保卫四化建设
整顿社会治安

四化炉火正旺
胸中宏图待展

加强法制观念
发扬民主精神

春到碧桃树上
莺歌绿柳楼前

春到芙蓉国里
福临杨柳门前

春日人人共乐
江山处处皆春

春织千山锦绣
旗扬万里雄风

爆竹声声除旧
桃符代代更新

碧海苍山玉宇
春风丽日神州

承上下求索志
绘春秋振兴图

处处春光济美
年年人物风流

处处欢歌遍地
家家喜笑连天

户户金花报喜
家家紫燕迎春

花好月圆人寿
时和事泰年丰

礼节以和为贵
新春长发其祥

雪片纷纷凝瑞
马蹄嘚嘚报春

七字联

天增岁月人增寿
春满乾坤福满门

新春大节行好运
佳年财顺福满堂

长年好运添富贵
恭喜发财迎新春

三星在户财源旺
五福临门家道兴

春回大地春光好
福满人间福气浓

门迎富贵平安日
家有祥和幸福年

爆竹一声辞旧岁
桃符万户更新年

寿比南山松不老
福如东海水长流

一元二气三阳泰
四时五福六合春

生意兴隆通四海
财源茂盛达三江

花香入室春风露
瑞气迎门淑景新

四面湖山收眼底
万家欢乐到心头

门对青山千里秀
家居旺地四时春

和气致祥财源茂
万事如意福安康

青山绿水风云静
碧海蓝天日月新

家过小康欢乐日
春回大地艳阳天

一天春雨红梅笑
万里东风翠竹摇

春回大地喜盈室
福降人间笑满堂

吉星高照平安第
福泽常临和美家

平安接来全家富
和睦迎进满门财

花开富贵年年好
竹报平安月月圆

人勤春早政策好
雨顺风调年岁丰

春临大地百业盛
喜到人间万事成

泰斗光辉昭日月
伟人业绩耀山川

竹影拂阶尘不起
月光穿池水无声

万派归宗源有本
一脉两地祖无分

灵猴献果摘桃去
金鸡啼鸣报喜来

清水流连凝冷月
明镜顾盼映淡妆

春回大地千山秀
日照神州百业兴

绿柳舒眉辞旧岁
红桃开口贺新年

人寿年丰家家乐
国泰民安处处春

五湖四海皆春色
万水千山尽朝晖

勤劳门第春光好
和睦人家幸福多

神州有天皆丽日
祖国无处不春风

红灯喜接全家福
爆竹笑迎四季春

又是一年芳草绿
依然十里杏花红

居永安山明水秀
人要和地久天长

花开富贵家家乐
灯照吉祥户户春

好年好景好运气
多财多福多吉利

迎春接福思大业
致富图强乐小康

五湖四海家家乐
万紫千红处处春

新景千祥临宅第
春融百福进门庭

吉星高照全家福
旭日辉耀满堂春

八方财宝进门院
四面贵人谐家园

顺风顺水顺人意
得财得利得天时

生在福中须知福
事到难处不怕难

吉庆有余人有福
祥龄长久岁长春

向阳庭院春光好
致富人家喜事多

龙门鱼跃宏图展
农户喜临春色好

春风杨柳千村笑
丽日桃花万户歌

松竹梅岁寒三友
桃李杏春风一家

向阳门第年常润
勤俭人家岁有余

文成蕉叶书犹绿
吟到梅花句亦春

千里河流归大海
炎黄子孙一宗亲

青山聚秀呈新景
红日生辉映农家

山高自有人行路
水深不乏破浪船

鹤发童颜长寿相
松姿柏态古稀人

东来紫气西来福
南进祥光北进财

青山不墨千秋画
绿水无弦万古琴

新春佳运业兴旺
全年顺心福临门

春夏秋冬行好运
东南西北遇贵人

门迎千条生财路
家进百年吉祥福

福旺财旺运气旺
家兴人兴事业兴

花香满院春风至
喜气盈门幸福来

鸡鸣天上登仙境
犬入云中唤宝山

立品读书当胜日
成才创业趁华年

世上岂无千里马
人中难得九方皋

昨夜春风才入户
今朝杨柳半垂堤

冬去犹留诗意在
春来身入图画中

九天日月开新运
万里笙歌乐太平

国逢安定百事好
时际芳春万象新

年丰人寿家家乐
燕舞莺歌处处春

江山如画千年秀
祖国多娇万代春

满园春色催桃李
一片丹心育新人

知识海洋勤是岸
科技高峰志为梯

讲卫生移风易俗
练身体益寿延年

劳动门第春光好
光荣人家景色新

无边事业心浩荡
有限年华志高鹏

春风杨柳年年绿
华夏英才代代红

春泰地泰三阳泰
家和人和万事和

月月月圆逢月半
年年年尾接年头

鹊上枝头观淑景
燕栖梁顶话丰年

百花迎春香满院
万事如意大吉祥

除夕刚饮祝捷酒
新年又看报春花

万里江山凝秀色
满园花木竞朝晖

梅花欲诗歌前放
兰气先迎酒上春

旧岁又添几分喜
新年更上一层楼

春回大地千山秀
日照神州百日新

门迎春夏秋冬福
户纳东西南北财

行行业业家家乐
水水山山处处新

春风得意英豪济
丽日舒怀阵势新

四海人歌尧舜日
万象更新太平春

东风化雨山山翠
政策归心处处春

万民齐织丰收锦
举国同吟四化诗

伟业宏开财源广
鸿图大展生意隆

庆新春年年如意
辞旧岁月月平安

瑞气呈祥舒万物
财源有路富千家

风调雨顺人出海
云淡帆疾鱼归家

四海归心歌一统
千家春酒乐团圆

一代风流抒壮志
九州巨变写春光

雪消门外千山绿
花发江边二月春

地开美景风光好
人庆丰年喜气多

春风放日来梳柳
夜雨瞒人去润花

锦上添花非实意
雪中送炭是真情

门庭昌盛年年好
家业兴隆步步高

月圆花好人常寿
物阜民丰国富强

顺风顺水顺人意
好年好景好前程

一代风流抒壮志
九州巨变写春光

宝剑锋从磨砺出
梅花香自苦寒来

云喷笔花腾虎豹
风翻墨浪走蛟龙

南山玉凤传珍宝
北海金龙送福财

春满人寰翔瑞鹤
云开旭日照苍松

万年枝上春常在
五色云中日永明

日子红火年年旺
宝地聚财天天来

祖国江山千古秀
春风桃李一番新

浩荡春风催四化
峥嵘岁月续长征

桑梓游子常念旧
梧桐落叶终归根

花开富贵荣华宅
春风得意幸福家

江山画卷描新样
桃李春风改旧观

春雨丝丝润万物
红梅点点绣千山

新春贺喜家兴旺
佳节联欢国太平

山青水秀千村美
柳绿桃红万户春

风吹杨柳千门绿
雨润桃花万树红

家添喜气人增寿
田奉黄金地献银

百花吐艳春光好
万象更新国运昌

祖国共天地同寿
江山与日月争辉

几点雪花几点景
半含冬景半含春

大地又逢春暖日
普天同庆丰收年

改革雄风振华夏
中兴浓墨谱春秋

火树银花映盛世
金樽美酒祝春光

爆竹千声歌盛世
红梅万朵报新春

祖国振兴倡团结
家庭和睦崇文明

福来庭院万事兴
春到门前合家欢

人逢盛世千家乐
户沐春阳万事成

羊逐春风驰碧野
猴呈美酒绘朱颜

九州日丽万家乐
两岸冰融一国春

江山大好英雄业
天地多情草木春

百花齐放春光好
万马奔腾旭日红

一举首登龙虎榜
十年身到凤凰池

迎春迎客迎富贵
纳福纳财纳平安

壬午胜岁开景泰
癸未芳春启新程

愿乘风破万里浪
甘面壁读十年书

积德前程应远大
存仁后步自宽宏

八骏嘶风传捷报
五羊衔穗兆丰年

鹏起天池风九万
龙游艺苑字三千

事能知足心常乐
人到无求品自高

万马奔腾创伟业
五羊跳跃展新图

炼成锋锷真实学
历尽艰难始成才

乐曲遥播中南海
农民新出艺术家

万民同乐凯歌里
四化自喜锦绣中

四化蓝图图图美
九州春色色色新

八一军旗红天下
万千肝胆壮河山

政策落实家家喜
经济繁荣户户欢

九州春好添风采
科学技术改乾坤

四化宏图开曙色
长征骏马啸春风

人尽其才定兴旺
物尽其用必富强

一年四季春常在
万紫千红永开花

春雨丝丝润万物
红梅点点绣千山

五湖四海皆春色
万水千山尽得辉

平安和顺兴家业
景明春暖旺财运

和气生财长富贵
顺意平安永吉祥

四面贵人相照应
八方财报进门庭

瑞气呈祥全家福
紫淑集锦满堂春

伟业雄开财源盛
鸿图大展生意兴

平安如意财源盛
发达荣华事业兴

比翼欢渡千春秋
连理喜结万年果

春涵瑞霭笼和宅
月拥祥云护福门

老少平安千秋乐
家宅兴隆万代荣

福满华堂添富贵
财临吉宅永平安

天悬日月乾坤朗
国惩贪腐岁月新

南添福禄北添财
东进金银西进宝

天地和顺家添财
平安如意人多福

年年顺景财源广
岁岁平安福寿多

和顺一门有百福
平安二字值千金

天上四时春作首
人间五福寿为先

八字联

东风报喜喜上眉梢
飞雪迎春春满人间

万物更新春为岁首
三阳开泰梅占花魁

大吉大利吉祥如意
多财多福双喜临门

大地回春山河壮丽
阳光普照玉宇澄清

瑞雪飘飘丰年喜兆
红梅点点春节嘉祥

尊夫爱妻家庭美满
敬老扶幼生活欢欣

时来运转八方进宝
心想事成四路来财

五福临门金玉满堂
新春佳节恭喜发财

岁月逢春花开万树
田园得雨谷满千仓

吉星高照门迎百福
春光辉映户纳千祥

勤俭人家幸福长久
向阳门第风光无限

东西南北八方永泰
春夏秋冬四季平安

莺歌燕舞普天同庆
鸟语花香大地回春

唱响岁月励精图治
舞动青春发奋求强

国富民强年丰人寿
春华夏秀秋实冬藏

瑞雪飞神州多壮丽
爆竹响山河尽朝晖

合家欢乐人人健康
和气生财家家幸福

福寿齐天金银满地
高堂吉庆华宅生辉

大智若愚心怀日月
至柔至刚气撼山河

送旧年窗花映白雪
迎新岁喜鹊闹红梅

桃红柳绿春回大地
国富民强福满神州

三星高照富贵吉祥
五福临门如意安康

大地欢欣春回大地
前程广远日进无疆

大地春回江山聚秀
文明运启日月增辉

室雅居安人人长寿
日新月异岁岁平安

大厦新建三星高照
宝地安居五福临门

春满人间百花吐艳
福临宅院四季常安

彩龙腾空雄狮舞地
紫燕展翅绿柳吐丝

万事如意家业兴旺
一帆风顺财源广进

日照新居居添锦绣
院开鲜花花吐芬芳

为人正直毕生无愧
办事公道浩气长存

指点江山春光满目
激扬文字彩笔生辉

奉养父母年年康健
教育子女天天向上

长城内外百业兴旺
举国上下安定团结

春风得意马驰千里
烈日耀辉光照万家

辞壬午金马扬鞭去
迎癸未吉羊携福来

和气致祥财源茂盛
万事如意幸福安康

笑看文苑群芳斗艳
喜听艺坛百鸟争鸣

教育园地人才辈出
科技战线捷报频传

选贤任能唯才是举
励精图治中兴在望

万象更新精神焕发
百花齐放春满人间

科学春天百花齐放
人间美景四化宏图

货架上下鲜花朵朵
柜台内外春意融融

举国同步进军四化
万众一心巧绘宏图

攻千重关心怀天下
读万卷书志在四方

健儿汗洒球场内外
友谊花开海角天涯

东西南北八方永泰
春夏秋冬四季平安

春满人间百花争艳
富临家宅四季平安

平平安安岁月须臾
长长久久思念千秋

万户春风礼陶乐淑
三阳景运人寿年丰

万紫千红百花齐放
三江四海五谷丰登

万象更新无山不秀
一元复始有水皆清

大地回春九州焕彩
银驹献瑞四季呈祥

大治天下春光永在
翻新山河美景无边

山青水秀九州如画
鸟语花香四季长春

龙凤呈祥招财进宝
龟蛇献瑞纳福迎春

龙鸾炳文神州焕彩
鸿鹏展翅华夏腾飞

布谷鸣春人勤物阜
瑞狮舞彩国富年丰

九字联

金色江山自强繁荣世
辉煌天地民富昌盛年

老老少少话古今巨变
家家户户乐万象更新

春风送春处处春色美
喜鹊报喜家家喜事多

好景年年好神州巨变
新春处处新经济腾飞

开天辟地先辈耀华夏
继往开来后贤转乾坤

慈母恩德似山川峻远
园丁情义与日月竞长

喜四海来财财源广进
乐九州进宝宝地生金

春夏秋冬凯歌颂盛世
东西南北美酒祝新年

大地播春光山青水绿
神州增秀色万紫千红

爆竹两三声人间增岁
梅花四五点天下皆春

国泰民安众星朝北斗
风和日丽百鸟向南枝

春风春雨引万般春色
新人新事开一代新风

梅花迎春旧貌换新颜
爆竹更岁新桃换旧符

迎新春展望前程似锦
辞旧岁喜看百家欢颜

自力更生创千秋大业
奋发图强造万代幸福

丽日彤彤神州春似海
垂杨袅袅大地绿如春

九州春色迎百花争艳
四化宏图展万马奔腾

一声爆竹庆民康国泰
三杯美酒祝人寿年丰

万树红梅飞雪迎春到
千江绿水心潮逐浪高

勤劳节俭乃治家上策
礼貌谦让为处世良规

甘做园丁为祖国添秀
愿为春雨育桃李成材

红旗舞东风五湖似画
瑞雪兆丰年四海皆春

整顿党风春光无限好
改革开放繁华万里香

瑞雪千家江山银万里
春风一树物野绿千层

国兴旺年年风调雨顺
民幸福岁岁人寿联丰

辞旧岁望前程无限好
迎新春看未来宏图美

爆竹两三声人间改岁
梅花四五点大地皆春

安居乐业家家春满园
丰衣足食户户喜盈门

壮志凌云创千秋伟业
跃马扬鞭追日月乾坤

十字联

志同道合相知年年岁岁
情深意重互敬朝朝暮暮

喜洋洋青山绿水春常在
笑盈盈人寿年丰福无边

迎新春三江春水三江酒
奔前程一寸光阴一寸金

新历迎春人贺重光舜日
椒盘献岁家欣再乐尧天

年景旺山山水水欢歌唱
春色美户户家家笑语多

五谷飘香香透三江四海
百鸟报喜喜传万户千家

改造自然岁岁风调雨顺
绿化祖国乡乡水秀山青

事事若作真书绵密无间
爱民如保赤子体会入微

锣鼓喧天共奏新春妙曲
风雷动地同抒大海深情

瑞日高悬塞北江南皆暖
东风浩荡天涯海角同春

爆竹声声喜报前程似锦
梅花点点欢呼万象更新

艰苦奋斗无产阶级本色
勤俭节约劳动人民美德

春雨润苗万树千树竞秀
园丁勤育多出快出人才

勤学苦练攻克技术堡垒
精钻深研攀登科学高峰

乘四化春风展千秋伟业
起九州生气迈万里征程

辞骏马马岁辉煌载史册
迎吉羊羊年美景绘神州

引万道清泉浇祖国花朵
倾一腔热血铸人类灵魂

树雄心誓把青春献四化
立壮志敢教日月换新天

喜洋洋绿水青山春永驻
笑盈盈丰衣足食福无边

发扬民主国家繁荣昌盛
加强法制人民安定团结

发扬实事求是科学作风
巩固安定团结大好形势

兢兢业业甘当革命园丁
勤勤恳恳培育四化人才

人尽其才祖国一日千里
各得其所山河万象更新

绿化祖国处处山青水秀
改造自然年年林茂粮丰

政策落实吹开心花万朵
四化宏图激起壮志千层

同心同德建设社会主义
群策群力实现四化宏图

讲廉政为民众甘当公仆
除腐败正党风牢记准则

春风吹春雨洒百花齐放
党纪严党风正万事皆通

新人办新事，新风人人颂
春日撒春雨，春色处处有

千樽美酒，共祝祖国昌盛
万支春歌，齐唱人民富足

万里江山，重见尧天舜日
九州草木，共沾时雨春风

水碧映山青，青山映碧水
花红扶叶绿，绿叶扶红花

正党风，壮志为公行大道
昌国运，英雄创业展宏图

十一字联

华夏儿女文武双全建伟业
炎黄子孙德才兼备展宏图

十口心思思国思家思社稷
八目尚赏赏风赏月赏秋香

读古人书须设身处地一想
论天下事要揆情度理三思

志气凌云争分夺秒奔四化
春光似锦良辰美景祝千秋

普天同庆一片红霞迎旭日
大地腾欢万条绿柳舞东风

花好月圆西阳倍艳新春暖
国泰民安申雪犹香旧岁丰

年年进宝年年获福年年乐
岁岁招财岁岁添寿岁岁欢

千里长堤须防毁于蝼蚁穴
一生清白应慎染上纤尘污

东风拂大地桃李千枝秀色
红日照征程胸怀一片丹心

桃李迎春无边景色来天地
江山入画万缕诗情上笔端

冬去春来千条杨柳迎风绿
民安国泰万里山河映日红

新岁雪晴祖国红梅争盛放
故园春满海外紫燕竞归来

学科学长知识青春献社稷
钻技术练本领终生为人民

妙笔千支画不完人间春色
美喉万啭唱不尽四化凯歌

百花齐放喜看神州披锦绣
万众一心共挥彩笔绘新图

竭忠尽智为四化造就人才
呕心沥血替祖国培育新苗

望塞北松青柏翠风光正好
喜江南梅红竹绿气象一新

树雄心攀登科学技术高峰
立壮志赶超世界先进水平

廉洁奉公处处替群众着想
艰苦奋斗事事为人民打算

廉政干部任劳任怨干革命
人民公仆全心全意为人民

明察秋毫审案事实为根据
执法无私量刑法律是准绳

人人学科学学技术当模范
个个争先进争上游攀高峰

长征路上花开一路红一路
四化宏图美景一幅胜一幅

龙腾虎跃神州十亿奔四化
燕舞莺歌艺苑百花迎早春

大地生辉四海皆春春不老
中华崛起九州同乐乐无穷

大地回春锦绣河山添秀色
长征跃马英雄儿女着先鞭

一屏三色麦青韭绿菜花黄
百鸟千声鹊噪鸠唤布谷鸣

万树飞花八方齐摘丰收果
九天溢彩四海共渡胜利年

寿 联

男用寿联

天地同寿
日月齐光

福如东海
寿比南山

四时调玉烛
千算祝遐龄

筹添沧海日
嵩祝老人星

松龄长岁月
鹤语寄千秋

鹤算千年寿
松龄万古春

椿树千寻碧
蟠桃几度红

南山欣作颂
北海喜开樽

榴花红献瑞
柏叶翠凝香

瑶台牒注长生字
蓬岛春开富贵花

寿比南山松不老
福如东海水长流

天上星辰应作伴
人间松柏不知年

海屋仙筹添鹤算
华堂春酒宴蟠桃

淑气初衔梅色浅
和风送暖彩衣鲜

至老光明添福寿
期颐岁月益康宁

白发朱颜登上寿
丰衣足食享晚年

文移北斗成天象
日捧南山入寿杯

从古称稀尊上寿
自今以始乐余年

渭水一竿闲试钓
武陵千树笑行舟

卓尔经纶传渭水
飘然风致并香山

瑶池果熟三千岁
海屋筹添九十春

蓬莱盘进长生果
玳瑁筵开百岁觞

称觞共庆千秋岁
祝嘏高悬百寿图

坐看溪云忘岁月
笑扶鸠杖话桑麻

人如天上珠星聚
春到筵前柏酒香

杏花雨润韶华丽
椿树云深淑景长

岭上梅花报春早
庭前椿树护芳龄

红梅绿竹称佳友
翠柏苍松耐岁寒

德如膏雨都泽润
寿比松柏是长春

琥珀盏斟千岁酒
琉璃瓶插四时花

天上星辰应作伴
人间松柏不知年

室有芝兰春自韵
人如松柏岁常新

志大年高一身干劲
童颜鹤发满面春风

体健身强宏开寿域
孙贤子肖欢度晚年

左吟太行右挟东海
光浮南极星起老人

海屋春秋增添筹算
平泉花木颐养天年

名高北斗南山欣作颂
寿比南山北海喜开樽

德为世重上苑梅花早
寿以人尊仙阶柏叶荣

鹤算千年寿筹添沧海日
松龄万古春嵩祝老人星

露滋三秀草椿树千寻碧
云护九如松蟠桃几度红

人歌上寿从古称稀尊上寿
天与稀龄自今以始乐余年

乐享遐龄，寿比南山松不老
生逢盛世，福如东海水长流

数百岁之桑弧过去五十再来五十
问大年于海屋春华八千秋实八千

瑶池果熟三千岁四化行春新岁月
海屋筹添九十春九旬益健老青年

人生不满公今满称觞共庆千秋节
世上难逢我正逢祝嘏高悬百寿图

不福星，真福星，即此一言，可为君寿
已五十，又五十，请至百岁，再证余文

八月秋高仰仙桂甲子重新如山如阜
六旬人健比乔松春秋不老大德大年

有德流仁讴歌送喜花好月圆庚星耀彩
增荣益誉眉寿保年兰馨桂馥甲第增辉

北海开樽本园载酒节界中秋月圆人寿
南山献寿东阁延宾筹增上算桂馥兰馨

女用寿联

萱堂日永
兰阁风薰

玉树盈阶秀
金萱映日荣

萱草凌霜翠
灵芝浥露香

瑶池春不老
寿域日初长

一乡称寿母
七十庆古稀

南极星辉牛斗度
北堂萱映凤凰枝

称觞好醉延龄酒
设帨多簪益寿花

萱花挺秀辉南极
梅萼舒芬绕北堂

金桂生辉老益健
萱草长春庆古稀

玉树阶前彩衣竞舞
金萱堂上花甲初周

桃熟三千瑶池启宴
筹添一百海屋称觞

八秩寿筵开萱草眉舒绿
千秋佳节到蟠桃面映红

明月有恒纪年合献九如颂
长春不老添润当称百岁人

岁寒松晚翠宝婺辉联南极晓
春暖蕙先芳斑衣彩舞北堂春

设帨溯当年喜花甲一周又半
称觞逢此日祝萱颜百岁有奇

风范仰坤仪欢呼共祝千秋节
期颐称国瑞建筑应兴百岁坊

逾古稀又十年可喜慈颜永驻
去期颐尚廿载预征后福无疆

慈竹荫东阁恭俭温良宜家受福
灵萱茂北堂仁爱笃厚获寿保年

萱草凌霜翠花发金辉香蜚玄圃
灵芝浥露香斑联玉树春永瑶池

双寿用联

梅竹平安春意满
椿萱并茂寿源长

园林娱老儿孙好
夫妇同耕日月长

风和璇阁恒春树
日暖萱庭长乐花

瑶觞春介齐眉寿
锦砌晖承绕膝花

南极星辉牛斗度
北堂萱映凤凰枝

并蒂花开瑶岛树
合欢酒进碧筒杯

椿萱并茂交柯树
日月同辉瑶岛春

鸾笙合奏和声乐
鹤算同添大耋年

人近百年犹赤子
天留二老看玄孙

年享高龄椿萱并茂
时逢盛世兰桂齐芳

南极星辉斑联玉树
北堂瑞霭花发金萱

德行齐辉一门合庆
福寿大衍百岁同符

红杏争春群芳献瑞
白华养志二老承欢

举案齐眉桃筵献实
奉觞上寿梅岭传春

柏翠松苍感歌五福
椿荣萱茂同祝百龄

花放水仙夫妻偕老
图呈王母庚婺双辉

花甲齐年弱项臻上
芝房联句共赋长春

璧合珠联图开周甲
伯歌季舞燕启良辰

日月双辉惟仁者寿
阴阳合德真古来稀

鹤算频添开旬清健
鹿车共挽百岁长生

举酒称觞祝二老长寿
高歌引吭喜四化同春

屈指三秋天上又逢七夕
齐眉百岁人间应有双星

盘献双桃岁熟三千甲子
箕衍五福庚同八十春秋

孙子生孙上寿同臻称国瑞
老人偕老百年共乐合家欢

月圆人共圆看双影今宵清光普照
客满樽俱满羡齐眉此日秋色平分

名人、民间寿联

寿比萧伯纳
功追高尔基

叶挺贺郭沫若五十寿（萧伯纳是爱尔兰长寿的多产文学家）

老鹤无衰貌
寒松有本心

溥仪贺老师陈宝琛七十寿

十一月十一日
八千寿八千秋

某翁八十岁，生日十一月十一日，某人作联。

不屈不淫正气性
敢言敢怒见精神

《新华日报》贺马寅初六十寿

七旬天子古六帝
五代孙曾予一人

乾隆帝七十自寿联

南山峨峨生者百岁
天风浪浪饮之太和

朱德贺冯玉祥六十寿

桃李增华，坐帐无鹤
琴书作伴，支床有龟

周总理贺马寅初（经济学家）六十寿

万寿无疆，普天同庆
三军败绩，割地求和

某人贺慈禧太后六十寿（当年中日战争，中国失败）

跨八骏八极八佾庆恒寿
骑五羊五方五曲祝永福

河北师范大学张月中教授贺史学家张恒八十五寿

活到老，学到老，老不服老
画亦精，字亦精，精益求精

关林贺现代画家贾敬之寿

顺泰康宁雍然乾德嘉千古
治平熙世正是隆恩庆万年

李绍仿贺嘉庆帝寿，用嵌字手法，嵌进清代从开国到嘉庆的列朝年号

牧野鹰扬，百岁勋名才半纪
洛阳虎视，八方风雨会中州

康有为贺吴佩孚五十寿

圣母神子，万寿无疆，复万寿无疆
昨日今朝，一佛出世，又一佛出世

南宋黄蜕贺皇帝赵禥寿（赵禥的母亲在赵禥前一天过生日）

替有色人种争光，铁骨铮铮钦此老
为世界和平努力，东风习习寿期颐

郭沫若为美国黑人领袖杜伯依斯九十一岁生日所作寿联

七夕是生辰，喜功名事业从心，处处带来天上巧
百花为寿域，羡玉树芝兰绕膝，人人占却眼前春

明朝学者朱建三居百花巷，农历七月七日生辰，李渔为其作联

天数五，地数五，五十五年，五世同堂，共仰一人有庆
春八十，秋八十，八旬八日，八方万国，咸呼万寿无疆

左都御史贺乾隆帝八十寿，其时乾隆已在位五十五年

梅洁有骨，松健有姿，尊歌天保三章，椿树茂臻千岁寿
萱荫满堂，兰香满室，舞彩看德门口，杏花开并一堂春

本书作者的祖父袁南宾贺某人寿联

大老爷过生，银也要，钱也要，票子也要，红黑一把抓，不分南北
小百姓该死，谷未收，麦未收，豆儿未收，青黄两不接，送甚东西

某人讽陕西县官郭翼嘉过生日时勒索老百姓钱财作联

养亲不逮，教子无方，幸余年求得放心，百折千磨永矢弗忘知止戒
饮酒陶情，赋诗适性，任斯世别开生面，八仙九老相期共勉岁寒盟

本书作者的祖父袁南宾六十岁生日时自作寿联

今日幸颐和，明日幸海子，几忘曾幸古长安，亿兆民膏血轻抛，只顾一人庆有
五旬割琉球，六旬割台湾，此时又割东三省，数千里版图尽弃，每逢万寿疆无

清朝学者章太炎贺慈禧六十寿

两人只百二年华，同庚同月，同门以学，同屋以居，鲁术最相亲，惟近来夫妇齐眉，输君偕老

六秩阅万年世局，有子有孙，有田可耕，有书可读，桑榆犹未晚，愿此后家庭养老，与我长春

本书作者的祖父袁南宾为一对夫妇所作寿联

诗称三子，学绩三余，望重三城，福懋三多，寿祝三秋，愿松柏益健，菊节弥坚，文囿词场陪杖履

身历四朝，名高四海，官尊四品，科连四世，堂开四代，况夫妇齐眉，儿孙晋爵，国恩家庆乐林泉

清朝诗人张维屏曾官至四品知府，七十八岁生日时，同僚李紫辅为其作联

常如作客，何问康宁？但使囊有余钱，瓮有余酿，釜有余粮，取数叶赏心旧纸放浪吟哦。兴要阔，皮要顽，五官灵动胜千官，过到六旬犹少

定要成仙，空生烦恼。只令耳无俗声，眼无俗物，胸无俗事，将几枝随意新花纵横穿插。睡得迟，起得早，一日清闲似两日，算来百岁已多

郑板桥六十寿自作联

婚 联

常用婚联

鸳鸯比翼
夫妻同心

嘉鱼比目
好鸟双栖

仙葩并蒂
瑞木交枝

鱼水千载
好合百年

当门花并蒂
迎户树交柯

彩笔题鹦鹉
文箫引凤凰

风和紫燕飞
日丽黄莺啭

男女平等家庭乐
婚姻自主幸福多

红梅并蒂双映红
矫燕双飞试比高

窗前共议四化业
灯下同攻百科书

幸有香车迎淑女
愧无美酒宴嘉宾

嫁女联

双飞都是关雎鸟
并蒂常开连理枝

忆当初志同道合
喜今日花好月圆

爱情圣贞花正好
意气相投月常圆

自来自去梁上燕
相亲相近水中鸥

二姓联婚成大礼
百年偕老乐长春

婚姻自主情意重
家庭和睦幸福多

握手初行平等礼
并肩齐唱自由歌

举案齐眉示互敬
既婚仍友自相亲

关雎笑述好逑句
渭滨喜传佳偶风

夫妻恩爱情义重
家庭和睦幸福多

同心永结幸福果
并蒂新开合欢花

一对红心向四化
两双巧手绘新图

夫妻协力石成玉
婆媳同心土变金

艰苦同栽理想树
勤奋共赏爱情花

花好月圆甜蜜夜
桃红柳绿幸福时

对对鸳鸯鸟易散
双双有情人难分

青丝共小最亲热
白头偕老更恩爱

碧沼红莲开并蒂
芸窗学友结同心

同学结婚用联

玉镜人间传合璧
银河天上渡双星

吉日吉时传吉语
新人新岁结新婚

百年佳偶今朝合
万岁良缘此日成

彩笔喜题红叶句
华堂欣颂采苹诗

一对璧人开吉宴
二分春色到华堂

鹊桥再架亲友高兴
破镜重圆子女喜欢

复婚用联

自由恋爱双方如意
民主持家百事称心

自由婚姻情同鱼水
幸福生活甜如蜜糖

海枯石烂同心永结
天高地阔比翼双飞

干事业同做攻关手
攻科技争当带头人

好鸟双飞嘉鱼比目
仙花并蒂瑞木连枝

情真意切革命伴侣
志同道合恩爱夫妻

鸾凤和鸣诗题红叶
螽斯衍庆玉种蓝田

相亲相爱美满夫妻
互敬互助幸福家庭

花好月圆同心永结
志同道合比翼齐飞

璧合珠联春生玉照
琴耽瑟好彩缀花球

并蒂花盛开长征路上
比翼鸟双飞四化途中

以优异成绩双登红榜
为宏伟蓝图同献丹心

梧桐滴翠欣闻引凤去
丹桂飘香喜见乘龙来

男到女家成亲用联

你敬我爱好比鸳鸯鸟
情投意合恰似连理枝

因荷（何）而得藕（偶）
有杏（幸）不需梅（媒）

此去有家，切记克勤克俭
再来无议，才算乃贤乃良

相敬如宾，莫道妇随夫唱
钟情胜友，休言男尊女卑

婿是儿，儿是婿，两全其美
媳是女，女是媳，亲上加亲

男到女家成亲用联

鹊桥再架，同心同德干四化
破镜重圆，相亲相爱偕百年

复婚用联

不愿似鸳鸯，卿卿我我，嬉戏浅水
有志学海燕，朝朝夕夕，搏击风涛

海棠花下去年逢无语只低眉，还是那时情绪
宝钗楼上梳妆晚相看成一笑，更须整顿风流

四季婚联

春日新婚贺联

柳暗花明春正半
珠联璧合影成双

雨露滋培连理树
春风吹放合欢花

柳色映眉妆镜晓
桃花照面洞房春

礼行奠雁三春后
诗咏关雎四月初

春催梅蕊资妆额
人傍黄花学画眉

春融花并蒂，春花绣出鸳鸯舞
日暖树交枝，夜月香斟琥珀杯

柳翠眉间展，晓起妆台鸾对舞
梅红陌上生，春归画栋燕双栖

夏日新婚贺联

倚栏芍药
满架蔷薇

莲开并蒂
人庆双圆

栀绾同心结
莲开并蒂花

碧沼荷垂开并蒂
绣帏凤侣结同心

荷开并蒂，好话宜种留春苑
兰结同心，蜜月同游消夏湾

栀绾同心结，弹素月琴奏熏风曲
莲开并蒂花，饮饯春酒题消夏诗

秋日新婚贺联

诗题红叶同心句
酒饮黄花合卺杯

巧借花容添月色
欣逢秋夜作春宵

瑶琴一曲双声奏
月殿三秋五桂香

丹桂香含飘绣阁
碧云光吐映妆台

此夕尚留牛女渡
双飞同上凤凰楼

鹊桥驾就牛郎渡
凤阁妆成仙女居

鸿案初齐迎淑女
鹊桥喜渡会牛郎

银汉桥成牛女渡
春台箫引凤凰飞

酒酿黄花情连鸾凤
诗题红叶梦见熊罴

玉津鸣秋鹊桥路近
金风涤暑鱼水欢谐

桂宫蟾耀彩，借得花容添月色
桐院凤栖身，权将秋夜代春宵

秋宵如此浑无价，彩凤和鸣梧桐荫茂
良夜何其乐未央，关雎雅化苹藻仪修

冬日新婚贺联

皓月描来双燕影
寒霜映出并头梅

两姓良缘天作合
三冬好景月初圆

点额新梅香绣阁
回阳丽日暖妆台

座有清风添酒兴
门迎暖日映梅妆

此日花开梅并蒂
今宵人庆月双圆

围炉春意满，雪案联吟诗有味
合卺酒香浓，冬窗伴读笔生香

雁鸣冰之畔，锦里枫丹芳联奕叶
燕乐岁之余，华堂藻耀瑞霭琼英

名人婚联

祥征凤卜
庆衍螽斯

郑煜卿贺李祥庆、仇姓女新婚

词赋传鹦鹉
笙歌引凤凰

丘逢甲贺应达民新婚

民主新伴侣
自由两先锋

冯玉祥贺罗元铮、冯理达新婚

去年王老五
今夜卖油郎

方地山贺王鸿池四十二岁始婚

二月梅香清友
春风桃灼佳人

毛泽东贺廖廷璇、皮述莲新婚

夫夫妇妇今日
子子孙孙他年

吴恭亨婚联

他日定为天下士
今宵先会月中人
同窗学友赠一位勤奋好学的读书人婚联

有水有田方有米
添人添口便添丁
明朝有潘、何二姓结婚，上联巧写“潘”，下联巧写“何”，寓意女方说要吃饱喝足，男方说要生儿育女。文学家徐文长作联

喜看两小成佳偶
乐生一个树新风
某七十多岁老干部为一对青年结婚作联

但哦松树当今事
愿与梅花结后缘
杨度贺董健吾婚

缔缘绾结红丝缕
纳采缠绵绿绮弦
张伯驹贺婚联

敢效庆笙谈古礼
喜闻容甫续婚书
史学家陈垣贺汪容甫续婚

红烛高照洞房夜
魁夺金奖荣归时
唐满城贺陈爱莲新婚

将相传家真有种
阳和得气便成春
吴汝纶贺李鸿章子婚

奁中应有来禽帖
案上新成博议书
王国维贺蒋汝藻哲嗣谷孙新婚

同居曾是少年侣
成宣今为内助人
方地山贺杨立斋与童养媳婚

绣阁并肩春望月
红楼对面夜弹琴
有一牛姓邻居，向纪昀索求婚联，纪书此联相赠

在昔吹箫传弄玉
只今袒腹得王郎
吴汝纶贺王绎如入赘

汉瓦当文延年益寿
周铜盘铭富贵吉祥
黎元洪贺溥仪新婚

旧日皇都新秋天气
东南才子西北佳人
郁达夫贺曾觉之新婚

李树连枝秾开并蒂
黄书万卷佐读得人
郑煜卿贺李、黄两姓连姻

树国树人长期抗战
宜家宜室并蒂腾欢
彭雪枫贺房东子新婚

子兮子兮今夕何夕
如此如此君知我知
刘师亮撰贺婚联

抹抹擦擦是为了治病救人
说说唱唱是为了教育群众
夫妇一人在剧团工作，一人在医院按摩科工作，某人作此婚联

八口累人今婚了向平心愿
百年期予尚无忘郝普家风
吴可读贺小女婚

两小无猜一个古泉先下定
四方多难三杯淡酒便成亲
方地山贺女儿与袁克文子成婚

日月同盟，报十二时吉祥如意
天地合德，庆亿万年富贵寿康
英国女皇维多利亚贺溥仪结婚，送来一台自鸣钟。

拥护中央政策方缪双方奋斗到底
努力加紧下层工作准备流血牺牲
彭湃贺方志敏新婚

好姻缘好伴侣好青年年年相好年年好
新社会新家庭新人物处处皆新处处新
新中国成立初，男青年从前线转业，是战斗英雄，女青年是劳模

玉骢马少年场白眉世家一代文章传季子
金叵罗合欢酒黄花门第三秋韵事斗玲珑
方地山贺马文季、罗韵玲结婚

喜气溢江夏，喜报上林春，喜廿年订就良缘，喜今夕吹箫引凤
幸寇退浠川，幸从离乱出，幸三生结成佳偶，幸此日淑女乘龙
抗日战争时期一女青年自幼订婚，战后结婚。

文郎佳偶，缔从桂府仙缘，一曲咏霓裳，欣看玉树瑶花，二姓合成双美满
淑女于归，移得槐庭余荫，百年偕伉俪，恰值夭桃秾李，两家并作十分春
本书作者的祖父袁南宾为其义子吴伯颜作婚联

贺生育联

生子

月窟早培丹桂子
兰阶新毓玉兰孙

石麟诞育从天降
玉燕投怀旷世珍

宁馨生应文明运
大器培成干济材

花前笑看獐书帖
梅下欣听鹤和声

净地月明生秀草
芳阶风暖长兰芽

庭前兰吐芳春玉
掌上珠生子夜光

恰逢开士摩麟顶
共向超宗识凤毛

啼声惊座知人杰
佳气充闻卜世卿

蕙草兰林门庭溢喜
桑弧蓬矢堂构增辉

窦桂玉槐门庭溢庆
荀龙薛凤家世征祥

积德累仁先世栽培惟忠厚
钟灵毓秀后昆显扬壮门楣

瑞世有祥麟已为德门露头角
丹山翔彩凤还从华阀炫文章

生女

双喜临福地
千金耀华门

喜结心中伴
欣生掌上珠

绕庭喜有临风玉
照室欣看入掌珠

喜来绿竹抱新笋
福至红楼藏玉珍

睹貌自知非道榅
闻香早已识瑶英

慰情已喜颜如玉
溺爱珍于掌上珠

瑞叶燕投辉腾锦帨
祥征熊梦珍获明珠

生孙

华堂益寿开饴座
梓舍承欢进晬盘

桂子呈祥征福厚
兰孙毓秀兆嘉祥

君福应过范乔祖
家庆何让子仪孙

绕膝分甘王逸少
点头示意郭汾阳

美济凤毛兰荪茁秀
谋贻燕翼瓜瓞绵长

生曾孙

欣看乔木多余荫
喜见兰孙又茁芽

燕寝昔闻孙作父
鲤庭今见子添孙

天赐石麟祥开四叶
庭投玉燕瑞霭一堂

美济凤毛家又令子
谋诒燕翼孙又添丁

四世喜同堂螽斯衍庆
一门臻五福燕翼诒谋

贺乔迁、建房联

华堂焕采
莺迁乔木

雕梁画栋
玉宇更新

喜红光四射
看气象一新

庭外遍山绿
室内满堂红

五云蟠吉地
三瑞溢新居

春风满草堂
旭日临新宅

庭辉联树彩
檐影接霞光

祥云临福地
瑞气满新居

春光满大地
喜气绕新楼

燕报重门喜
莺歌大地春

春风开画栋
旭日映楼台

春风吹玉宇
绿水映高楼

争贺莺迁乔木
迎来燕入高楼

成家全凭劳动手
筑屋尽采栋梁材

门外青山水流秀
户户人家财源兴

瑞映画堂多喜色
吉临新宅焕春光

新居第宅千年旺
和睦家庭万事兴

春光永照新居第
幸福常临勤俭家

眉黛春生杨柳绿
玉楼人映杏花红

草堂除旧安居好
陋室更新志气高

新屋落成千载盛
阳光普照万家春

燕喜新居春正暖
莺迁乔木日初长

淡酒清茶娱雅客
龙飞凤舞庆新居

江山聚秀归新宇
日月交辉映画堂

合家共写红旗谱
举室齐歌盛世篇

新屋落成逢新岁
春风送暖报春晖

旭日随心临吉第
春风着意入新居

三星高照临新第
五福咸臻满画堂

吉祥草发新居第
富贵花开乐善家

旧宅惯生如意草
新居又放吉祥花

竹帘暮卷西山雨
画栋朝飞南浦云

新建楼台山川秀
喜造金屋天地春

上梁欣逢黄道日
竖柱正遇紫微星

栋宇更新崇伟业
宏图大展振家声

择宅适逢兴旺日
上梁正遇丰收年

三星高照居华厦
五福咸臻满画堂

花映新楼花含笑
柳拂绿窗柳吐诗

人居玉宇千年茂
日映华堂百业兴

栋宇维新崇伟业
宏图大展振家声

白饭青蔬留美味
紫茄红苋有余甘

幸有菜根娱雅客
愧无珍味宴嘉宾

聊供清风娱客醉
愧无盛馔佐君餐

上三联均为厨房联

喜建华堂春风入座
乔迁新居佳客盈门

乔木春深燕入高厦
玉宇琼楼栋宇更新

润屋润身静观自在
栽花栽树兴与人同

华构初成可称乐土
比邻互助更喜安居

南望飞云雕梁画栋
西来爽气玉宇琼楼

依山傍水景中胜境
坐北朝南画里新居

华堂入云江山添一景
大厦落成农家乐三春

以夜继日笑洒热汗千滴
沐风栉雨喜建广厦万间

美轮美奂建在幸福时代
华堂华屋属于勤劳子孙

沿阶花木著奇观一亭春色
近水楼台多幻景满院祥光

喜临宅地瑞气缭绕百事顺
乐建新居祥光普照万代昌

阳日照华堂风景这边独好
红花香大地江山如此多娇

兴大厦建乐园景色如画美
住新房创家业生活似蜜甜

门对青山龙翔凤舞从天降
户迎绿水鱼跃鸟飞自地生

小舍已落成从此满门添喜气
安居求自力会当生活上层楼

煜耀画堂新后昆得所承先泽
国治家齐本方兴未艾启宏图

华构美经营，幸福不忘歌党德
芳庭欣赏玩，安居常自颂明时

新居面对青山，屏障天然，定卜人财两好
雅室门朝绿水，膏腴地质，预占富贵双全

婚姻尚自由，欣看座有嘉宾，还望芝兰施雅教
礼仪崇简朴，窃笑盆无兼味，聊将荇菜誉隆情

乘嘉日以迎宾，顿教满座增辉，薄酒粗肴，献酬达旦
际芳辰而完娶，应效齐眉举案，妇随夫唱，好合百年

窃笑简朴婚仪，请众宾斟菊酒，啖菜羹，礼薄情浓，好借清风娱酩酊
所愿跟随时代，望你俩树雄心，立壮志，开来继往，莫教白首悔蹉跎

行业、行政联

工厂企业

一轮行天下
两手定乾坤

小农用车厂

聚来千亩雪
化作万家春

棉厂

楼船四海迎春色
巨舸三江奏凯歌

船厂

原油转市通瀛海
盛誉蜚声沏九州

油运公司

配件万宗甘作配
联营两省更相联

机械配件

水中铸出千秋鉴
火上凝成一片冰

玻璃厂

夺隘闯关传伟绩
收云贮雪赞神机

棉花机械厂

狼山新绘英雄谱
鹅颈高吟胜利歌

南通冷作厂

坛封金露漫脾冽
缸驻春风饶鼻香

酒厂

惜物如金收益广
化废为宝节材多

物资回收公司

红梅长伴朱颜驻
彩影频将胜迹留

红梅牌照相机厂

因知西子腰偏瘦
为爱琼花意太深
琼花牌手表厂

熔天地凝成铁臂
举钟鼎惊倒霸王
重型机械厂

酒创三优传盛世
春归四化立新功
酒厂

为有三吴香雪梅
能教六月结冰花
苏州冰箱厂

携来建邺一壶水
暖遍神州万户心
南京保温瓶厂

信有机缘抒管见
试通云路献荧光
晶体管厂

熊熊烈火腾丹彩
蜿蜿飞龙送乌金
矿山设备制造厂

晶体频传千里路
锗硅拓开万重山
晶体管厂

梳到古今丝丝润
篦邀中外缕缕香
梳篦厂

飞天羽缀千缕彩
不夜城镶万斛珠
苏州铝材发夹厂

塑料成型随我意
发泡助剂夺天功
塑料助剂厂

改革春风厂添翼
驱魔良药人增寿
制药厂

事业于今如刻鹄
文心自古重雕龙
木雕厂

金剪裁成丹凤舞
银针引出绿鸾飞
刺绣厂

焊镴条条熔通四化路
弧光闪闪开放革新花
电焊机厂

九万里鹏程扬波击水
三十春雁路化雪融冰
化工厂

绝缘不绝意一片厚意
容电更容情两厢深情
电元件厂

六层并举一峰占独秀
十轮齐转四载换新天
机械厂

雷鸣电闪气吞千担石
雾散云清机造万层楼

建筑机械厂

妙手印成八怪诗书画
精工染就三友竹松梅

印染厂

江海英气升五岳峰顶
大桥彩虹驾九州烟云

江苏烟草公司

驱蚊灭蝇为万人造福
杀虫除害保五谷丰登

农药厂

催禾壮催起五湖金浪
引化肥引来四季天香

化肥厂

电缆神经赋千船远志
光纤感应罗四海雄心

船用电缆厂

日日驾长风前程似锦
年年乘铁马进步如飞

汽车沙发蓬垫厂

誉满姑苏话梅逢盛世
香飘邓尉傻子遇知音

苏州益民炒货食品厂

异兽珍禽，稚子含茹乐
新桃秀李，东风煦拂香

糖果冷食厂

万里赴长途，追风逐电
百年兴大业，催马加鞭

客车厂

骊山探珠，有万名高手
地宫取宝，穷千丈深潭

煤窑

静室一两支，烟云得趣
清江四十载，星火生辉

清江卷烟厂

砥砺长空，鼓雄风锐气
峥嵘大地，驰美誉佳名

空压机厂

众号神医，胜华佗妙药
公推圣手，创扁鹊新方

制药厂

电气无形，仗双塔量度
风云有意，凭红旗竞飞

红旗电表厂

钢水奔流化作千里喜报
油浪滚滚谱成万首凯歌

钢厂

玉槌敲动，涌起千堆白雪
瑶琴弹起，唱就万曲新歌

弹花铺

爆竹知音，催开万朵心花
春雨多情，浇醉千顷麦浪

鞭炮厂

酒味冲天，飞鸟闻香化凤
糟粕落地，游鱼得味成龙
杏花村汾酒厂

机声隆隆，车间盛开优质花
笑语阵阵，班组齐唱胜利歌
机械厂

剪锦裁绸，激情荡漾三江水
飞针走线，巧艺温暖万人心
服装厂

烈火识真金，一门功夫百锤炼
红心出技艺，十分火候倍精神
铁匠铺

十指生辉，打扮千男万女英姿美
一心裁剪，装饰四面八方艳阳春
服装厂

党政机关

功高不泯忠贞志
位尊更坚公仆心

政策是桥通四化
法制为剑镇妖魔

老前辈首辟康庄道
新后代再绘锦绣图

干革命廉洁奉公一身正气
做公仆正直无私两袖清风

保障人民权利扶善安良树正气
执行国家法律惩凶除害去邪风

伯乐具慧眼长征新途奔驰千里马
领导识英才四化大任倚重接班人

军队

喜临英雄门第
春到光荣人家

归田不失疆场志
解甲犹怀战士情

光荣人家门庭凝瑞
功臣宅第院落生辉

军民携手铜墙铁壁
工农协力国富民强

军民联防固若金汤
民族团结坚如磐石

持枪列阵铁臂筑长城
横刀勒马红心守边疆

月缺月圆日日夜夜思念骨肉同胞
日出日落朝朝暮暮盼望祖国统一

体育

田径场上龙腾虎跃
游泳池边燕舞龙翔

大球小球大小球誉满全球
金杯银杯金银杯功溢众杯

体坛新秀朝气勃勃翠竹吐绿
沙场宿将雄风铮铮宝刀显锋

体坛传捷报升起五星红旗耀寰宇
女排夺冠军堪称巾帼英雄名扬全球

文艺

艺苑百花争艳
文坛万象更新

文坛萃汇群星灿
艺苑春融百卉妍

四化凯歌冲天起
九州新诗动地来

素琴彤管奏四化凯歌
白发青丝绘百花锦绣

老树吐奇花一江流霞绕日出
新枝放异彩万山飞虹驾云来

学海艺海能手芸芸众星媲美
文坛诗坛英才济济群芳争妍

左氏笔右军书前汉史后唐演义
东坡赋西游记东华经北山移文

教育科技

乐育桃李竞芬芳
笑看英才做栋梁

无心赏月中丹桂
有志攀宇宙高峰

知识海洋勤是岸
科学高峰志为梯

创业想英才蕙兰并茂
拓荒看异彩桃李争荣

攀绝崖志在书山探宝
驾狂涛喜向学海采珠

掌握科学如猛虎添翼
革新技术似骏马添蹄

追科学挟雷逐电摘星月
攻雄关倒海翻江锁蛟龙

攻尖端振翮驰骋劲冲天
攀高峰奋翼遨游志凌云

艳阳吐彩讲台展千秋画卷
春风送暖校园绽万树蓓蕾

学海无涯飞舟最爱迎激浪
书山有路骏马更需快加鞭

重德重才潜心造就新一代
管教管导全面培养接班人

做红烛为后代点燃智慧之火
化甘霖育桃李浇开理想之花

药材卫生

神效乌须药
祖传狗皮膏

苦心求妙术
辣手去沉疴

银针出妙手
白衣怀丹心

但愿人皆健
何妨我独贫

清代名医范文甫联

威灵仙唱神曲
大佛手指南星

书画最宜白纸(芷)
伤风尤须防风

细考虫鱼笺尔雅
广种草木续离骚

稚子牵牛耕熟地
将军打马过常山

海龙海马通大海
红花红藤映山红

烦暑最宜淡竹叶
伤寒尤妙小柴胡

琥珀青黛将军府
玉竹重楼国老家

红芽大戟将军府
金钱重楼国老家

红花红豆红孩儿
白梅白果白头翁

金钗布裙过半夏
栀子轻粉迎天冬

玉叶金花一条根
冬虫夏草九重皮

玫瑰引蜂频频舞
蔷薇惹蝶纷纷飞

春暖带云锄芍药
秋高和露种芙蓉

良药苦口利于病
忠言逆耳利于行

一阵乳香知母到
半窗故纸防风来

灵仙自有飞升药
慈姑常存夺命丹

但愿世间人无病
哪怕架上药生尘

花发东园开仲景
水流丹溪到河间

刘寄奴含羞望春花
涂长卿砒霜采腊梅

白头翁牵牛耕熟地
天仙子相思配红娘

药可治病，药可致病
水能载舟，水能覆舟

天仙弹琵琶高奏神曲
雷公吹铁笛惊醒云母

一药一性岂能指鹿为马
百药百性焉能以牛易羊

牡丹门前如火不点自红
茴香屋侧似花无求仍香

如来神力至极轻变生地
金猴聪明绝顶难逃佛手

金银花小香飘七八九里
梧桐子大日服五六十丸

小才(柴)糊(胡)涂，冒昧、冒昧
何首无(乌)句，平常、平常

灯笼笼灯纸(枳)壳原来只防风
鼓架架鼓陈皮不能敲半夏

水莲花半枝莲白花照水莲
珍珠母一粒珠玉碗捧珍珠

大将军骑海马身披穿山甲
小姑娘坐河车头戴金银花

宝炉炼丹大王知母救前子
玉竹熬膏使臣远志夺丁香

术绍岐黄妙药扫开千里雾
艺传卢扁金针点破一天云

丹心妙手白衣战士除疾病
银针草药人民医生创奇迹

治痼疗疴，扁鹊重生称妙手
扶伤救死，华佗再世颂白衣

铁杆如梅，菊黄大枣如红灯
曲枝似龙，雪白小花似金星

淡竹缀叶绿葱葱，历尽春夏秋冬
蕙兰开花香郁郁，溢满东西南北

神州到处有亲人，不论生地、熟地
春风来时尽著花，但闻霍香、木香

看女贞子配玉桂，戴银花，滑石阶前步步川连行熟地
听白头翁弹黄芩，唱神曲，沉香庭畔声声龟版颂灵仙

白头翁持大戟，跨海马，与木贼、草寇战百合，旋复回朝，不愧将军国老
红娘子插金簪，戴银花，比牡丹、芍药胜五倍，苁蓉出阁，宛若云母天仙

戏剧影视

艳名天下重
秋声海上来
指著名京剧演员程艳秋

逝者如斯未尝往
后之视昔亦犹今

舞台方寸悬明镜
优孟衣冠启后人

有口无口口代口
是人非人人舞人
木偶戏联

英名盖世《三岔口》
杰作惊天《十字坡》
盖叫天原名张英杰

舞台展现千年伟业
银幕显映万代春秋

先代衣冠，从新演出
今人面目，仿古装成

金鼓点点载起迎春舞
银弦悠悠唱出幸福歌

银幕五光十色似锦绣
舞台万紫千红如画图

惊变、埋王，洛水神悲生死恨
还巢、失凤，游园遥想牡丹亭
指京昆艺术家言慧珠，主演《长生殿》《惊变》《埋王》等

人物借身装，装出来千形万状
车骑凭步走，走遍了四海九州

凡事莫当前其间应有关心处
为人须顾后上台终有下台时

曲是曲也曲尽人情愈曲愈妙
戏其戏乎戏推物理越戏越真

台上笑台下笑台上台下笑惹笑
看古人看今人看古看今人看人

莫坏良心，极恶巨奸转眼终归失败
请看好样，忠臣孝子到头毕竟圆满

大翠喜、小翠花，一文一武，一京一汉
马连良、马连昆，同乡同姓，同教同科

或为君子小人，或为才子佳人，登台便见
有时欢天喜地，有时惊天动地，转眼皆空

历代壮奇观，睹胜败兴衰，千古英雄收眼底
高台共欣赏，听管弦丝竹，数声雅调拓胸襟

尧舜生，汤武净，桓文末丑，古今来多少角色
日月灯，云霞彩，风雷鼓板，天地间大小舞台

别馆接莲池，谱来杨柳双声，古乐府翻新乐府
故乡帆梅市，听到鹧鸪一曲，燕王台作越王台

滚滚江山，只为大花脸争权，国老无能终散场
纷纷世界，怎能正式生揸印，奸臣尽杀始收局

台上莫漫夸，纵做到厚爵高官，得意无非俄顷事
眼前何足算，且看他抛盔弃甲，下场还是普通人

谭鑫培、谭小培、谭富英，祖孙三代，三代三生，衣钵真传
言菊朋、言少朋、言慧珠，京昆一家，一家一脉，声名远扬

一部廿四史，演成古今传奇，英雄事业，儿女情怀，都付与红牙檀板
百年三万场，乐此春秋佳日，酒座簪缨，歌弦丝竹，问何如绿野平原

尧舜生，汤武净，五霸七雄丑末耳，伊尹太公便算一支要手，其余拜将封侯，不过摇旗呐喊称奴婢

四书白，六经引，诸子百家杂说也，杜甫李白会唱几句乱谈，此外咬文嚼字，大都沿街乞食闹莲花

戏剧本属虚，虚中求实，实非为实，虚非为虚，虚虚实实，方寸地生杀予夺，荣辱贵贱，做来千秋事业，莫道当局是假

唱弹原为乐，乐里藏忧，忧民之忧，乐民之乐，乐乐忧忧，顷刻间悲欢离合，喜怒哀惧，现出万代人情，须从戏里传真

店联

店好千家颂
坛开十里香

向阳商店连百姓
春风柜台暖万家

生意兴隆通四海
财源茂盛达三江

生意如同春意美
财源更比水源长

货架上鲜花朵朵
柜台内春意融融

三阳开泰财源茂
四化发展国运昌

生意兴隆天天交鸿运
财源茂盛年年发大财

喜看橱窗食品琳琅满目
笑揽柜台鲜货灿烂多姿

物美价廉顾客盈门笑语朗
熙来攘往春光满店喜气多

三尺柜台紧连四化大业
一颗红心通向八方佳宾

文明经商三尺柜台春意笑
礼貌待客一腔热忱话带香

文明经商货流五湖四海
礼貌待人心向万户千家

笔行神至龙纹画
刀走力到金石开

六书传四海
一刻值千金

上两联为刻字店联

悬将小日月
照彻大乾坤

眼镜店联

融百年珍味
采万物灵芝

座上客常满
杯中酒不空

三餐乐全家
五味香满园

调和五香羹
烹煮三味鲜

铁汉三杯软脚
金刚一盏摇头

饭菜誉满三江水
情意饱暖四海心

幸有菜根娱雅客
愧无珍味宴嘉宾

聊借清风娱客醉
愧无盛馔佐君餐

入座三杯醉者也
出门一拱歪之乎

千年龙潭蒸琥珀
万古仙桥起祥云

李白借问谁家好
刘伶向言此处高

鲜美火锅留旧客
纯香骨架引新朋

一人工作千人食
五味调和百味香

五味烹调香千里
三餐饭美乐八方

绿色蔬菜保健康
山珍海味任君尝

盘浅情浓味适佳宾口
物美价廉甜透贵客心

竹叶杯中万里溪山闲道绿
杏花村内一帘风月独飘香

远客来沽，只因开罐香千里
近邻不饮，原为隔壁醉三家

礼尚往来，请上人独吃四碗
谈何容易，邀下官同饮三杯

陶潜善饮，易牙善烹，饮烹有度
陶侃惜分，夏禹惜寸，分寸无遗

以上为饭店联

美味招来云外客
清香引出洞中仙

酒楼联

烟熏火燎门第
翻身打滚世家

油条店联

新事业从头做起
旧现象用手推平

谨为足下服务（擦皮鞋）
且看顶上功夫

进来乌头宰相
出去白面书生

进来蓬头垢面
出去容光焕发

莫谓毫末技艺
却是顶上功夫

相逢尽是弹冠客
此去应无搔首人

做天下头等事业
用世间顶上功夫

推头剪发除旧貌
修面吹风换新颜

理世上万缕青丝
创人间头等事业

不教白发催人老
更喜春风满面生

磨砺以须，天下有头皆可剃
及锋而试，世间妙手等闲看

以上为理发店联

愿将天上云霞绮
换作人间锦绣衣

展千种彩锦装点江山皆秀色
列万件时装打扮人间尽春姿

以上为服装店联

步月能驾雾
登云可代梯

桥边堕去留侯取
天半飞来叶令归

以上为鞋帽店联

虚心成大器
初节见奇才

莫将小器论君子
能解虚心是我师

以上为竹器店联

当窗尘不染
出匣月同明

但愿归来心共照
自然看去眼同明

以上为玻璃店联

针头线尾小商品十分重视
布匹鞋帽大路货一应俱全

安于小精于小，一柜针头线尾
忙其中乐其中，满店笑语欢声

以上为杂货店联

窖中露饯
千里藏鲜

桃李交谊笃
橘柚及时登

未登瑶池宴
已成蟠桃仙

以上为果品店联

能于细处求精确
惯于时间较短长

夺秒争分须知创业艰难时不我待
同心协力莫道攀登不易事在人为

以上为钟表店联

还我庐山真面目
爱他秋水旧姿容

现出须眉都俊俏
看来毫发不参差

个个镜头含情意
张张笑脸带春风

以上为照相馆联

风尘仆仆进宾馆
笑语融融上征途

宾至如归少安毋躁风尘小住计亦得
客来不速且住为佳萍水相逢缘最奇

迎八面春风入院
顾四方贵客归家

以上为旅馆联

迎送远近通大道
进退迟速游逍遥

马车店联

共沐一池水
分享四季春

讲文明莫忘整洁
勤沐浴有利健康

池中温泉请君入浴
足下顽疾找我来医

涤陈浴新暖心扉，胸怀更广
碧池玉泉洗风尘，精神倍来

石室春暖人宜浴洗却全部污垢
水阁冬温客更暖增添一身豪情

以上为浴室联

淡浓随意着
深浅入时新

洗洗染染胜似西施浣纱
缝缝织织赛过晴雯补裘

以上为印染店联

残碑留古迹
妙墨焕新华

大地山河生笔底
九州人物出毫端

以上为书画社联

轻重得宜大权在手
偏重不倚双纽关心

制秤匠联

欲评诸物量
自有寸心知

秤虽小，掌管人间烟火
店不大，有关国计民生

以上为度量衡器具店联

一把曲尺能成方圆器
几根直线造就栋梁材

木匠联

鹊噪鸦啼，并立枝头谈福祸
燕来雁往，相逢路上话春秋

鸟店联

慈母手中忙理布
爱妻灯下细穿针

针线柜联

此绳曾系足
非绵亦缠头

红线店联

不要由它多破绽
必须为尔早弥缝

缝补衣服店联

织成云霞锦
绣出草木花

丝绸业

昨夜敲棋寻子路
今朝对镜见颜回

象棋店联

台上是人，台下也是人，锣鼓敲响，人看人
大砧是铁，大锤也是铁，风箱拉动，铁打铁

铁匠联

熙春渔港千帆集
出海云涛万网张

白水春暖千家乐
珠海波平万船来

宝货上船千倍利
贵客登舟遇顺风

帆舞东风征大海
门临旭日照渔家

一篙击碎河里月
双橹划破水中天

九曲三弯随舵转
五湖四海任舟游

以上为游船联

楼上珍珠卷
窗前翡翠垂

满架鼎彝罗列秦汉
一窗图画璀璨云霞

以上为文物店联

售人岂作趋炎志
知我常输献曝成

铸造英雄洪炉鼓冶
融和造化大地回春

以上为煤炭业

送出千袋面
换来万家春

谷乃国之宝
民以食为天

以上为粮油店联

石磨飞转，涌起滔滔玉液
铁锅沸腾，凝成闪闪银砖

豆腐店联

千里传佳音，飞骑走万户
八方报喜讯，银线达九州

邮电局联

搬山扛海，热汗飞洒豪情涌
多装快卸，搭肩抖擞干劲来

搬运站联

蝶疑唐库出
燕认汉宫来

描龙绣凤天工出巧手
染莺缀燕绝技见匠心

以上为工艺美术店联

树植院中年年吐秀
花开园内处处闻香

匠心随所欲
着手便成春

松柏有木性
园林无俗情

富水园林平泉花木
春风桃李秋雨芭蕉

雪压红梅放异彩
春归芳草发新芽

有意栽花花不放
无心插柳柳成行

好园林百花齐放
新世纪万木争荣

以上为花木店联

香分花上露
水吸石中泉

北汲百泉池中水
南采龙井山上茶

爱诗爱文爱画
赔烟赔酒赔茶

汲来江水烹新茗
买尽青山当画屏

佳肴无肉亦可
雅淡离我难成

一掬甘泉好把清凉洗热客
两头岭路须将危险告行人

小天地,大场合,让我一席
论英雄,谈古今,喝它几杯

花笺茗碗香千载
云影波光活一楼

扫来竹叶烹茶叶
劈碎松根煮菜根

茶亦醉人何必酒
书能香我无须花

泉从石出情宜冽
茶自峰生味更圆

最宜茶梦同圆,海上壶天容小隐
休浔酒家借问,座中春色亦常留

一勺沥清心,酌水谁含出世想
半生盟素志,听泉我爱在山声

四大皆空,坐片刻不分你我
两头是路,吃一盏各走东西

大工夫小工夫一样工夫
人有道茶有道同求有道

客上天然居,居然天上客
人来交易所,所易交来人

红透夕阳,好趁余辉停马足
茶烹活水,须从前路汲龙泉

大碗茶广交九州宾客
老二分奉献一片丹心

一杯春露暂留客
两腋清风几欲仙

山好好,水好好,入亭一笑无烦恼
来匆匆,去匆匆,饮茶几杯各西东

楼外是五百里嘉陵,非道子一笔画不出(道子:吴道子,唐朝画家)
胸中有几千年历史,凭卢仝七碗茶引来(卢仝:唐朝诗人,不愿做官)

好事不容易做,大包不容易卖,针鼻铁,薄利只凭微中削
携子饮茶者多,同父饮茶者少,檐前水,点滴何曾倒转流

以上均为茶馆联

挽　联

通用挽联

白马素车挥别泪
青天碧海系离愁

事业已归前辈录
典型留与后人看

秋草独寻人去后
寒林空见日斜时

桃花流水杳然去
明月春风何处游

流水夕阳千古恨
凄风苦雨百年愁

大雅云亡梁木坏
老成凋谢泰山颓

千里吊君唯有泪
十年知己不因文

英雄功绩昭日月
烈士英名传千秋

人间未遂青云志
天上先成白玉楼

绿水青山谁作主
落花啼鸟总伤神

直道至今犹可想
旧游何处不堪悲

大雅云亡空怀旧雨
哲人其萎怅望醇风

烟雨凄迷万里名花凝血泪
音容寂寞清溪流水是哀声

挂剑若为情，黄菊花开人去后
思君今何在，白杨秋净明月时

明月不长圆，过了中秋终是缺
高风安可仰，如何一别再难逢

契合拟金兰，岭表玉梅嗟减色
飘零悲玉树，山阳寒笛不堪听

专用挽联

痛失严椿千古恨
悲兴嫩桂百年愁

吾父六秩未周抛却儿孙辞尘去
祖母八旬衰老哭伤子路望颜回

数十年教养维艰每念亲恩伤罔极
六七口儿孙无依永含举室共悲哀

哭父泪千行两袖泪痕顿抱痛
呼亲肠寸断孤儿声哑唤难回

母逝泪难干遥忆音容犹在目
父终情更惨每怀手泽倍伤心

三更梦惊耳边犹听呼儿声
九泉路远眼中空流思亲泪

以上为挽父联

萱花顿萎厚爱失
慈恩未报遗憾多

慈竹当风空有影
晚萱经雨不留香

慈母辞尘千秋去
儿孙涕泪几时干

萱草凋残空抱痛
怀卷犹在不堪哀

游子身上衣，衣衣带泪
慈母手中线，线线连心

万里心伤，一行书寄千行泪
千年恨别，心到母边信到无

生死殊途，从此无闻慈母训
阴阳两隔，于今难见倚闾人

杜宇伤春泣残雪泪悲花老
慈马失母啼破哀声夜光寒

扶桐杖以寻亲只恨冥中无子路
寝苫块而盼母除非梦里有颜回

以上为挽母联

每思田园共笑语
难禁空房热泪流

挽夫联

黄镜影孤哉，惨听秋风悲落叶
锦机声寂矣，愁看夜月照空帏

少男未娶小女未婚忽去九泉卿太忍
二子无依诸孙失恃独留重担我难挑

以上为挽妻联

公不少留，风木伤心分半子
吾将安仰，典型空欲问黄泉

半子情深大厦悲倾梁大坏
游仙迹杳浓云惊把泰山移

公不少留风木伤心分半子
吾将安仰音容回首隔九泉

以上为挽岳父联

获选昔乘龙自入婿向蒙眷爱
游仙今驾鹤哪堪甥馆痛慈云

懿范堪夸此去九泉空仰慕
灵车在驾殊深半子痛哀思

以上为挽岳母联

痛失慈萱，花落竹林春去早
悲兴犹子，光寒婺宿夜来沉

挽叔伯母

想见音容空有影
欲闻教诲杳无声

感恩空洒门墙泪
抚几犹沾翰墨香

大道为公，徒存手泽
因材施教，顿失心传

秋水蒹葭，溯回往哲
春风桃李，想象斯文

风惨云凄，对青灯而自苦
山颓木坏，痛绛帐之空悬

教泽宏施，忆昔年，同沾化雨
音容顿隔，痛此日，空仰高山

最不幸，满园苗株伤化雨
最难堪，一门桃李哭春风

教育终身，备尝艰苦，喜桃李芬芳，正遍布天下
桂兰挺秀，勇攀高峰，看辉煌事业，应含笑九泉

以上为挽老师联

残山剩水读遗书
明月秋风怀旧宇

如此韶华春犹未老
何来噩耗人竟云亡

烟雨凄迷万里名花凝血泪
音容寂寞清溪流水是哀声

月照寒枫空谷深山徒洒泪
霜封宿草素车白马更伤情

深痛骑鲸矗玉楼欲闻教诲三更月
堪嗟驾鹤归华表想见音容万里云

旧事溯当年琴弹流水高山喜得钟期知己
生刍当此日品列浮瓜苦李空劳宋玉招魂

以上为挽男子联

节屈天中慈云已杳
魂归地下懿范长存

萱室花残犹生意外
莲房子剥苦在心中

残月朦胧空有景
好花零落不成春

无可奈何萱草谢
不堪愁绝杏已残

湘水曲终蓬莱路远
妆台尘掩皓月云封

绣阁花残悲随鹤唳
妆台夜冷梦觉鹃啼

青鸟传来玉母召时环珮冷
玉笛声断秦娥去后凤楼空

风动帏空青鸟降地魂不返
潭深波咽乌鸦啼处梦难回

梦断北堂，春雨梨花千古恨
机悬东壁，秋风桐叶一天愁

以上为挽女子联

辞尘祖去空留像
投笔人回不见颜

三更露凉泪洒孙男
一夜秋风狂摧祖竹

灵魂归净域孙行戚戚痛于心
抱病授遗言祖训谆谆犹在耳

祖父辞尘深痛音容难再睹
嫡孙承重回思教诲怎能忘

孤儿五夜痛劬劳四处悲寻未见生身回此地
二孙千秋伤永诀百呼不转哪知祖父往香山

以上为挽祖父联

祖母云亡未报深恩徒涕泪
嫡孙承重还从何处睹音容

慈竹风摧鹤唳一声悲属纩
西山日落鸠扶只影痛含饴

痛祖母有子先亡心伤地下
悯幼孙孤身承重泪洒灵前

李密陈情遗我空悲惊落日
王裒哀父蓼我不读感当年

寿越八旬方期鹤算频添与诸孙共娱晚景
当时六月讵料音容顿杳对祖母未报深恩

含祖母寿越七旬昔年顾腹含饴毕世操劳伤罔极
教孙曹家中数口此日哀号泣血终天所恨痛难陈

以上为挽祖母联

送往事居念昔先人唯陨涕
承嗣践位悯予小子独含悲

恪守宗支继续仰承叔父志
哀扶灵柩勉当方尽嗣子心

以上为挽嗣父联

世事无常，雁序参差嗟去渺
音容何在，鹤原寂寞痛归真

景况无常雁阵参差惊失侣
音容何在鹤原寂寞痛归真

亢宗唯盼兄哪堪一阵秋风鸿雁哀鸣悲折翼
传经常励弟向忉三年雨化杏坛冷落报怆怀

以上为挽兄弟联

鸿雁溯遗徽执笔未能扬嫂德
燕京传噩耗驰书何以慰兄悲

冢归奉姑嫜早年家政亲操十载清风资旧助
佳儿贻娣姒指顾云程可步一轮凉月立新秋

以上为挽嫂联

阿弟辞尘致使荆庭悲寂寞
为兄洒泪何堪手足痛伤情

阿兄年近老，阿侄月初生，阿弟长辞，万事忘怀丢我理
尔子婚未完，尔女言甫学，尔妻无靠，几条重担放吾肩

以上为挽弟联

吾婿竟生悲地下莫忘代侍翁姑终妇职
汝年何太促天涯远隔不闻父母哭儿声

挽女儿联

至亲无间往来情谊相孚不殊昆季
旧事哪堪回溯交游如昨今隔人天

挽表兄弟联

姻好附孙枝当年空怀千尺影
仰瞻同祖父未秋先陨一庭霜

沉疴不治，绝饮两周，煮粥未饮殊抱恨
噩耗突闻，迟来一刻，临终无语情更悲

以上为挽外祖父联

阿妹云亡香茗已消空抱恨
亲哥未老油茶虽寄亦无缘

阿妹早赴泉台沉疴抱痛成永诀
愚兄暂留人间云愁雾惨不胜悲

以上为挽妹联

秦晋已联姻，方期鹤算绵长，满似黄花开晚节

茑萝刚有托，又报骑鲸归去，空余清酒奠英灵

桑梓俱称贤，正期安享高年，柱杖优游东海福

茑萝方有托，岂料忽传噩耗，举头怅惘北岳姻

以上为挽男亲家联

七秩享高年，贤著母仪方羡萱草全福禄

三秋居季月，长抛姻晚陡惊仙驾赴瑶池

挽女亲家联

晋重耳车马长辞神伤渭水

谢安石室庐依旧泪洒西州

宅相无成明月秋风思舅氏

乔阴莫仰残山枯水哭西州

甥舅最关情忆昔年追随身傍耀星祝南极

神人今异域痛此日伤感又教悲泪洒西州

以上为挽舅父联

亲联姻眷声气相投谊重情深难尽述

病入膏肓幽冥永隔生存死别不胜悲

挽姻伯联

严父数载沉疴回天无力竟尔辞尘归下地

慈母辛劳成疾医药不效枕苫抱痛恨终天

父逝肠寸断遥忆音容眼中空流思亲泪

母终情更惨每怀教诲耳畔犹听唤儿声

以上为挽父母同丧联

养老送终属望儿媳敦孝道

弃亲长逝先随婆母赴阴曹

挽婆媳同丧联

何处听琴流水高山成古调

特来挂剑清风明月照遗徽

泉下侍先人想公伉俪追随忘却一生烦恼事

灵前挥涕泪痛我芝兰凋谢永无再见笑谈时

以上为挽朋友联

深恩未报愧为子

饮泣难消欲断肠

生前记得三冬暖

亡后思量六月寒

音容莫睹伤心难禁千行泪

亲恩未报哀痛不觉九回肠

以上为挽父母联

已到暮年名曰悼亡实偕老
不妨多病君今先去我还留

数十年赤手起家你死料难如注日
八旬人白头永诀我生谅也不多时

以上为妻挽夫联

英灵浩气千秋在
先烈精神万古存

懿范典型千秋永在
高风亮节万古长存

舍己为人，当仁不让
赴汤蹈火，见义勇为

公有千秋名，国有儒将
生为万人敌，死为鬼雄

忠魂不泯，热血一腔化春雨
大义凛然，壮志千秋泣鬼神

孤注一身轻，故国江山作遗泽
长城万里堕，中原豪杰望何人

名垂青史，功耀红旗，万古长怀英烈
气壮丹霄，人埋碧血，千秋共仰仪型

洒悲泪，悼念人民英雄，奋战长征开伟业
怀烈士，继承革命传统，献身四化慰忠魂

以上为挽烈士联

名人挽联

一身不自保
千秋有英名

秋瑾墓前挽联

长征老战友
文革病诗人

董必武挽谢觉哉

黑海惊噩耗
英名留青史

某人挽冯玉祥

悲哉秋之为气
惨矣瑾其可怀

某人挽秋瑾

身耽白下残烟景
死恋扬州好墓田

吴敬梓的好友程晋芳挽吴敬梓

谘议局前新鬼录
黄花岗上党人碑

潘达微挽黄花岗七十二烈士

有灵为我促杨虎
多难思君吊培兰

于右任挽罗培兰（杨虎城夫人）

青山有幸埋忠骨
白铁无辜铸佞臣

岳飞墓前联

草野望之若时雨
庙堂倚之为长城

左宗棠挽林则徐

朝闻道夕死可矣
今而后吾知免夫

清朝光绪帝老师翁同龢自挽

平生功业尤拉化
时代文章数阿Q

郭沫若挽鲁迅

注:“尤拉化”指语言大众化与拉丁化。

白阳青藤开新径
老缶大匠有遗风

张奚若挽齐白石

丹心共见燕山夜
健笔终存天地间

杨述挽邓拓

英雄气魄垂千古
国际精神召万民

某人挽彭德怀

英勇探求存猛志
噩耗如铁哭方之

王蒙挽方之(江苏作家)

正邪自古同冰炭
毁誉于今判伪真

岳飞墓前联

数点梅花亡国泪
二分明月照忠魂

生有志来文兴国
死而后已五乡侯

上两副联为后人挽史可法

时光如涛荡泥土
砥柱触天立中流

某人挽周总理

千秋青史存公论
四海苍生哭此人

林则徐病死潮州,出殡时群众挽

百丈松林驯鹿土
千秋佳节卧牛眠

风清华表翔白鹤
云护佳城关玉鱼

上两副联为林则徐墓联

丹心应结平权果
碧血常开革命花

冯玉祥挽秋瑾

萱花顿萎厚爱失
慈恩未报遗憾多

秋瑾挽母亲

草野望之若时雨
庙堂倚之为长城

左宗棠挽林则徐

平生慷慨班都护
万里间关马伏波

孙中山挽黄兴、蔡锷

正倚济时唐郭李
竟嗟无命汉关张

黎元洪挽黄兴、蔡锷

谤满天下，泪满天下
创造共和，再造共和

于右任挽黄兴

怒火冲天，王母安在
金梭传世，织女未亡

某人挽著名黄梅戏演员严凤英

是杨虎夫人应习战马
为革命女子等闲沙场

于右任挽罗培兰（杨虎城夫人）

是七尺男儿，生能舍己
作千秋雄鬼，死不还家

鲁迅挽瞿秋白

为母当学民族英雄贤母
斯人无愧劳动阶级完人

毛泽东挽朱德母亲

十年罹难，终弗返于苍梧
万国衔冤，徒尽簪于白柰

安徽休宁县县尉陈之茂悼念宁德太后

百岁老人，永使百花齐放
万年不巧，赢得万口同声

郭沫若挽齐白石

壮志难移，回汉各族模范
大节不改，母子两代英雄

朱德挽回族英雄马本斋母子

夫妻恩，今世未全来世再
儿女债，两人共负一人完

何香凝挽廖仲凯

作公民保障，谁非后死者
为宪法流血，公真第一人

孙中山挽宋教仁

艺苑新葩，海公直声名天下
史学星斗，明祖大传颂千秋

《北京日报》挽吴晗。海公：吴晗编写的京剧《海瑞罢官》中的海瑞

秦皇安在哉？万里长城筑怨
姜女未亡也，千秋片石铭贞

文天祥题孟姜女庙

去年底丧父，令吾撕心裂肺
六月后失母，使我捶胸剖肝

本书作者挽其母（享年104岁）

武伐南唐，一代英名垂宇宙
惠遗北宋，千秋俎豆重乡邦

江苏江都曹王寺挽北宋大将曹彬

千门桃李绛帐重茵传绝学
一代宗师春风词笔满中华

某人挽我国词学专家夏承焘

昙花一现怜尔有才偏早逝
老树千年愧吾无能却后凋

清代文学家李调元挽一童子

念总理，建功勋，永垂千古
继遗志，驱虎豹，奋展宏图

建丰功，创伟业，名垂千古
顶狂风，战恶浪，气贯长虹

祖国江河滔滔评千秋功罪
神州大地漫漫论万代英豪

志壮山河，四海悲悼天地泣
殊功盖世，五洲痛惜宇宙哀

野心家祸国殃民，生不如死
革命家赤胆忠心，虽死犹生

总理形象伟大，同山河共存
总理精神不朽，与日月争辉

五岳山林呜咽，忠魂骨存温
四海江湖挥泪，英灵衣未沉

以上为各界群众挽周总理

群盗鼠窃狗偷，死者不瞑目
此地龙蟠虎踞，古人之虚言

章太炎挽南京光复诸烈士

吾见子之出而不见其入也
天未丧斯文而忍丧斯贤耶

梁启超挽蔡锷。上联出自《左传》，下联出自《论语》

江户矢丹忱，感君首赞同盟会
轩亭洒碧血，愧我今招侠女魂

孙中山挽秋瑾

学术各门庭，与予平生无唱和
交情同骨肉，俾予后死独悲伤

纪晓岚挽朱筠河

巾帼拜英雄，求仁得仁又何怨
亭台悲风雨，虽死不死终自由

革命党人挽秋瑾

著作最谨严，非徒中国小说史
遗言太沉痛，莫作空头文学家

蔡元培挽鲁迅

洒几滴普通泪，挤几个酸字眼
死两个特殊人，罚五块大洋钱

光绪帝和慈禧太后去世后，四川要求每户写挽联，有人只写上联，罚五块大洋，某人作联

将略冠军门，日寇几回遭重创
英魂羁缅境，国人无处不哀思

国民党师长戴安澜在缅甸抗日牺牲，朱德挽

总理辞人寰，悲歌壮烈腾江海
后辈承遗志，赤旗奋勇卷波澜

某人挽周总理

血肉作干城，烈概在火中长啸
光荣归党国，英风使天下同钦

郭沫若挽黄继光

积毁铸沉冤，十年风雨燕山夜
丹心同皎日，千古昭垂赤县天

赵朴初挽邓拓

七十二健儿，酣战春云湛碧血
四百兆国子，愁看秋雨泣黄花

黄兴挽黄花岗烈士

痛饮读离骚，放开今古才子胆
狂歌吊湘水，照见江潭渔父心

长沙屈原墓联

忆赣水南昌，并辔驰驱犹昨日
哭大河兴县，共承热泪创明朝

贺龙、聂荣臻同挽叶挺

才气自空群，往事莫将成败论
英灵还为国，壮怀宁以死生殊

冯国璋挽黄克强

集芙蓉以为裳，又树蕙之百亩
帅云霓而来御，将往观乎四荒

郭沫若悼辛弃疾

咳！仆本丧心，有贤妻何至若是
啐！妇虽长舌，非老贼不到今朝

秦桧夫妇跪在岳飞前，某人作联痛骂

铁板铜琶，继东坡高唱大江东去
美芹悲黍，冀南宋莫随鸿雁南飞

郭沫若挽辛弃疾

奈何铁马金戈，仅争得偏安局面
至今山光水色，犹照见一片丹心

某人挽岳飞

悼一代巨星陨落，举世无限伤心
幸满台桃李新生，梅花万古长青

白杨挽梅兰芳

甲兵富于胸中，一代功名高宋室
忧乐观乎天下，千秋俎豆重苏台

范仲淹墓联

征程万里，求民族解放光昭日月
上书千言，为人民幸福志壮山河

王首道挽彭德怀

丹心一颗蚕丝尽，育出满院桃李
陋室两间，蜡炬燃，照亮几代新人

北京八中挽某特级教师

有雄才，有伟略，有奇勋，实在有德
无后裔，无偏心，无享受，真正无私

某人挽周总理

目不瞑，志不酬，我父血尽探求路
心不摧，笔不辍，儿等再唱易水歌

子女挽方之

忆当年组织上游幸获追随依左右
痛今日猝传噩耗顿伤老友又凋零

郭绍虞挽茅盾

教人成民族英雄，举世共钦贤母范
毕生为劳动妇女，故乡永保好家风

刘少奇、周恩来、陈云挽朱德母亲

大英雄百折不回，别有锋棱震华夏
先君子九原相见，能无涕泪话山河

黄一欧挽孙中山

帝国主义尚未灭亡，雄心犹有遗恨
和平阵营已趋巩固，众志必有成城

吴玉章挽任弼时

日寇凭凌，国难方殷，枪口应当向外
君人主战，民气可用，意志必须集中

毛泽东挽"平江惨案"烈士

言行唯经典常谈，师表真堪垂后世
文章则雅俗共赏，才名自合冠群伦

全国文联挽朱自清

一腔忠贞，文章满纸，书生奋挥如椽笔
十载血火，风雨同舟，战友长怀英烈魂

《晋察冀日报》部分战友挽邓拓

转眼被复河山，知烈士黄泉，了无遗恨
此心可表天日，借奸奴白刃，剖示同胞

徐逊园挽徐锡麟

痛恨失黄龙，锦绣江山，断送金牌十二
英灵来白马，松楸风雨，恍闻铁甲三千

后人挽岳飞

无不开之船，打桨扬帆，我去脱离苦海
有未完之戏，偃旗息鼓，儿来收拾残局

郑板桥自挽

方悬四月，叠坠双星，东亚西欧同殒泪
钦诵二心，憾无一面，南天北地遍招魂

郭沫若挽鲁迅。双星：指鲁迅与高尔基；二心：指《二心集》

经百战，勇冠诸军，常开平天下奇男子
守孤城，心拼一死，张睢阳古之伟丈夫

甲午中日之战英雄左宝贵家乡山东平邑县红石岭墓前联

功在社稷，名满寰区，当代文人称哲嗣
我游外邦，公归上界，遥瞻祖国吊英灵

周恩来挽郭沫若父亲郭朝沛

奋战守孤城，视死如归，是革命军人本色
决心歼强敌，以身殉国，为中华民族争光

毛泽东挽王铭章

一饭尚铭恩，况褓抱提携，只少怀胎十月
千金难报德，论人情物理，也该泣血三年

曾国藩挽乳母

男儿死耳，恨壮志未酬，何日舍戚来华表
魂兮归去，知夜台难瞑，深更幽魂绕萱帏

鲁迅挽丁耀卿

心血操尽，革命伟业如巍巍泰山立寰宇
骨灰撒遍，祖国江河似点点春雨润人间

某人挽周总理

八百万台湾刚醒同胞，唯先生何人领导
四十年祖国未竟事业，舍我辈其谁分担

1925年，孙中山去世，北京各大学求学的台湾学生作

生不害世，死不累人，雄心无愧，吾亦可去
志在救国，举在济众，伟业未成，我应重来

烈士陈法轼自挽

为革命而奋斗，为革命而牺牲，死固无恨
在压迫下生活，在压迫下呻吟，生者何堪

北京人民挽李大钊

君死何辜，忍看魔鬼家庭，凶得张牙舞爪
我生有责，愿把吃人礼数，打个落花流水

某人挽杨开慧

洪以甲子灭，公以乙丑殂，六十年间成败异
生袭中山称，死傍孝陵葬，一匡天下古今同

章太炎挽孙中山

德昭颜训，勋业付儿曹，多士讴歌思元老
数备箕畴，声名垂党国，吾公福命是神仙

蒋介石挽阎锡山父

师事近三十年，薪尽人转，筑室忝为门生长
威名震九万里，内安外攘，旷代难逢天下才

李鸿章挽曾国藩

文章满纸，满纸丹心，丹心遭厄，奇冤绝今古
风雷同舟，同舟聆教，聆教难忘，心花慰英灵

《前线》挽吴晗

赤面秉赤心，骑赤兔追风，驰驱时，无忘赤帝
青灯观青史，仗青龙偃月，隐微处，不愧青天

某人挽关羽

君本南国鹏翮，青云直上，患难相逢结知己
妾乃北地胭脂，红颜命薄，乱世姻缘成一梦

小凤仙挽蔡锷

念总理为人民掏肝胆，挥戈驱魔，立不朽功勋
看后代继遗志敬忠魂，拔剑斩妖，承千秋业绩

跟主席建党建军，创建新中国，功绩不可磨灭
信马列反帝反修，冲击旧世界，形象永志心间

以上为各界群众挽周总理

谷风如诉旧愁来，蜀道秦川，过客重谈杨氏女
墓粉还将秋色补，雨尘云梦，伤心何似汉唐陵

陕西杨贵妃墓联

铜雀锁春风，可怜歌舞楼台，千古不传奸相冢
杜鹃啼落月，难为英雄夫婿，三更犹吊美人魂

岳阳小乔（周瑜妻子）墓联

为民族解放，为阶级翻身，事业垂成，公胡遽死
有云水襟怀，有松柏气节，典型顿失，人尽含悲

毛泽东挽续范亭

英雄做事无他，只坚忍一心，能成世界能成我
自古成功有几，正疮痍满目，半哭苍生半哭公

杨度挽孙中山

乌云迷漫惊奇案，唯罪唯功，青史无情谒公论
采翰飞奔警世情，任劳任怨，黄泉闻报慰英魂

肖克、蹇先佛挽邓拓

作白话文，传白话神，令普天下读者如亲謦欬
为青年师，向青年学，愿吾辈中壹士共守仪型

郭绍虞挽朱自清

公谊不妨私，平生政见分歧，肝胆至今推挚友
一身能敌万，可惜霸才无命，死生从古困英雄

杨度挽黄兴

白色恐怖赣水寒，壮士成仁，一片丹心垂青史
红光闪耀江上秀，匪首正法，万民称快慰中魂

江西工人领袖陈赞被害，26年后凶手被逮捕归案，此为宣判大会上对联

生不逢辰，死不逢时，念廿年沉冤方雪，何竟遽去
舍得拼命，写得出色，三十载鞠躬尽瘁，启迪后人

某人挽方之

半生革命，半生著书，血幼昙花，终有令名垂海宇
辞尊居卑，辞富居贫，尘生沧海，更无同国亮宗师

某人挽秀松

为民族为群众二十年奋斗，出生入死，功垂祖国
打日本打汉奸千百万同胞，自由平等，泽被长淮

中共中央挽彭雪枫

撒手又何悲，数十年贫病交加，纵卧留君生亦苦
残躯何足惜，八千里翁姑未殡，因君累我死犹难

清朝某候补的小官长期不得录用，后来去世，其妻挽

秦岭巍峨，悼先烈舍身成仁，光耀西北，永垂不朽
黄河怒吼，看三军气冲霄汉，直捣长安，胡贼难逃

某人挽杜斌丞（民主革命家）

二十年往事云遥，记曩日师生，恍见双鬟来问字
廿七日同声追悼，看当时首领，何堪万口共招魂

刘和珍为反对段祺瑞政府遇难，其启蒙老师挽

坚持马列，光明磊落，忘我工作，对祖国无限忠诚
刻苦钻研，才华横溢，不计名利，为四化鞠躬尽瘁

某人挽光学专家蒋筑英

殉社稷在江北孤城，剩水残山，尚留得风中劲草
葬衣冠有华南抔土，冰心铁骨，好伴取岭上梅花

扬州史可法墓联

一抔土尚巍然，问它铜雀荒台，何处寻漳河疑冢
三足鼎立安在，剩此石麟古道，令人想汉代官仪

刘备墓联

六载固金汤，问何人忽毁长城，孤注空教躬尽瘁
双忠同坎壈，闻异类亦钦伟节，归魂相送面如生

林则徐挽关天培。何人：指琦善；双忠：指关天培和麦延章，关天培入殓面色如生

同命二十载，坎坷缘探求，勇敢推方之，孟志冠我侪
蜡炬烧将近，春蚕吐正稠，何期永世别，觅君天尽头

方之的夫人挽方之

进退上下，式跃在渊，以师长责言，匡复深心姑屈己
恢诡谲怪，道通为一，逮枭继僭制，共和再造赖斯人

章太炎挽梁启超联

外侮需人御，将军赋采薇，师称机械化，勇夺虎罴威
浴血东吁守，驱倭棠吉归，沙场竟殒命，壮志也无违

毛泽东挽戴安澜（抗日名将）

一哭尔琢，二哭尔琢，尔琢今已矣，留却重任谁承受
生为阶级，死为阶级，阶级后如何，得到胜利始方休

毛泽东挽王尔琢（工农革命军师参谋长，被叛徒杀害）

登百尺楼，看大好河山，天若有情，应识四方思猛士
留一抔土，以争光日月，人谁不死，独将千古让先生

黄兴挽徐锡麟

昔年挽孙公，昔日悼孙媪，中外八方同，纪录荣哀好
媪名泰岱高，媪志日星洁，不失赤子心，永葆儿童心

曾为孙中山题联的九旬老人挽宋庆龄

两卷新诗，廿年旧友，相逢同在天涯，只为佳人难再得
一声河满，九点齐烟，化鹤重归华表，应愁高处不胜寒

郁达夫挽徐志摩

死了倒也罢了，若不想到二位有老母倚闾，亲朋盼信
活着又怎么着，无非多经几番的枪声惊耳，弹雨淋头

周作人挽刘和珍、杨德群两位北师大女学生

雷电、钢铁、风暴、夜歌，传出九窍丹心，晚春蚕老丝难尽
党业、民功、讲坛、艺苑，染成三千白发，孺子牛亡汗未消

某人挽金山（作家）

先生为有道后身，衡门潜隐，克享遐龄，明德通玄超往古
哲嗣乃文坛宗匠，戎幕奋飞，共驱日寇，丰功勒石励来兹

毛泽东挽郭沫若父亲

常恨随陆无武，绛灌无文，纵九等论交到古人，此才不易

试问夷惠谁贤，彭殇谁寿，只十载同盟有今日，后死何堪

孙中山挽黄兴。随陆：指刘邦的谋臣随何、陆贾。绛灌：指刘邦的武将绛侯周勃、灌婴。夷：指商朝的伯夷。惠：指鲁国大夫柳下惠。彭：指彭祖

以汤武之征诛，行尧舜之揖让，绝后空前，大丈夫当如是也

本三民之主义，衍五权之宪章，继志述业，余小子何敢让焉

李维汉挽孙中山

万里蓝天鹏翼，直上扶摇，别来绝代佳人，萍水姻缘成一梦

几年北地胭脂，自伤零落，赢得英雄夫婿，桃花颜色亦千秋

某人挽小凤仙

地望尊李杜，怨飒飒寒风，吹落长庚，空叫南国相思伤楚引

天意悯阮嵇，化潸潸春雨，雪湔遗恨，忍听北潆击筑慨燕歌

戏曲界前辈舒野挽田汉

居恒执掌论英雄，成功不喜，事败勿忧，横览九州，公真健者

乡国惊心数人物，湘绮先亡，松坡后死，抗怀千古，各有生平

杨度再挽黄兴

六四岁身首分离，是奇害、奇冤、奇诬、奇诈，只有向阎王一诉

百余里灵魂归去，愿我妻、我子、我媳、我孙，都要报戴天之仇

1923年，湖南衡山县岳北农工会总代表年逾六旬的李芋邕被杀前自挽

抱松乔习性，守金石行操，峥嵘九七春秋，不愧劳动人民本色

抒稻黍风情，写鱼虫生趣，灼烁新群时代，凭添和平事业光辉

中国美术家协会挽齐白石

毕生为党业操劳，德重功高，惨遭帮祸殃身，十载沉冤千古恨

此日得全城凭吊，情悲意切，喜看昭雪平反，一盒忠骨万年春

某人悼北京市原市委书记刘仁（“文化大革命”时遭迫害）

广州暴动不死，平江暴动不死，如今竟牺牲，堪恨大祸从天降

革命战争有功，游击战争有功，毕生何奋勇，好教后世继君来

毛泽东挽黄公略

为地方兴教养诸业，继起有人，岂惟孝子慈孙，尤属望南通后进
以文学名光宣两朝，日记犹在，用裨证文考献，当不让常熟遗篇

蔡元培挽张謇

注：张謇是江苏南通人，翁同龢是江苏常熟人，两人均为光绪帝的老师。

爱和平有罪，要民主无罪，争自由有罪，见他妈鬼，那狗屁宪法
打内战可以，买国家可以，杀青年可以，滚你娘蛋，这无耻政府

杭州学界挽浙江大学学生会主席于子三

要打叭儿落水狗，临死也不宽恕，懂得进退攻守，岂仅文坛闯将
莫作空头文学家，一生最恨帮闲，敢于嘻笑怒骂，不愧思想权威

陈毅挽鲁迅

残山剩水度中秋，凭吊文豪，百感苍茫，无非是孤愤韩非，离骚屈子
棘地荆天怀蜀史，低徊往事，神州破碎，写不尽宫中黄皓，座上谯周

某人挽邹韬奋

诗书画刻，共遵名家，更难得亮节高风，薄石同钦，期颐荣获和平奖
慈爱国劳，永垂典范，最伤心春晖隐明，亲恩未报，朝夕徒兴风本悲

家人挽齐白石

国共合作的基础如何？孙先生云：共产主义是三民主义的好朋友
抗日胜利的原因安在？国人皆曰：侵略阵线是和平阵线的死对头

毛泽东挽孙中山（纪念孙中山先生逝世 13 周年）

廿载革命从征，转战大江南北，剑锋所向，无敌不摧，元戎勋业垂青史
一叶江南奇冤，铁窗生涯五载，大节所在，威武不屈，典型示范铸金军

贺炳炎挽叶挺

教书三十年，一面教一面学，向时代学，向青年学，生能如斯，君诚健者
生存五一载，愈艰苦愈奋斗，与丑恶斗，与暴力斗，死而后已，我哭斯人

许德珩挽朱自清

爱国者无辜受戮，窃国者，法外逍遥，面对残暴措施，谁忍不冲冠怒发
已死的播下种子，未死的，努力耕耘，肩负艰难任务，个个都咬紧牙关

某大学挽“五四运动”先烈

一腔热血荐轩辕，堪为华夏人杰，五十年丰功伟绩，永垂青史，有口皆碑

不尽波涛荡泥垢，公报重慰英灵，十余载奇辱沉冤，今日昭雪，挥泪祭奠

北京师范学院学生挽刘少奇

一片血模糊，辨不出哪是父亲，哪是女儿，父女共捐躯，剩有管弦传革命

连年战坚苦，端只为救我国家，救我民族，国民齐努力，誓死抗战慰忠魂

郭沫若挽张曙（中国作曲家）

殷干酷刑，宋岳枉戮，臣本无恨，君亦何尤，当效正学先生，启口问成王安在

汉室党锢，晋代清谈，振古如斯，于今为烈，恰如子胥相国，悬睛看越寇飞来

康有为挽戊戌变法六君子

鸟尽弓藏，讵可谈将兵多多益善，犹想见谁上风光，恩施漂母，仁施漂母

兔死狗烹，岂用赞为国士士无双，只落得未央剑影，成也萧何，败也萧何

韩信墓联

生无补乎时，死无关乎数，辛辛苦苦著二百五十余卷书，流播四方，是亦足矣

仰不愧于天，俯不怍于人，浩浩荡荡数半生三十多年事，放怀一笑，吾其归欤

俞曲园（晚清学者，章太炎的老师）自挽

无言不肺腑，无意不漆胶，卅年来相与往返，古旧未尝忘，自怜老朽才疏，偏蒙师事

所有者兵戎，所忧者饥馑，念尔日殊多抑郁，承平今已睹，好待贤良家祭，再告翁知

江苏江都举人严绍曾（光绪皇帝老师）挽郑小西（金石家中医师）

卅四年短缘泡幻，散花示疾，撒手弥留，吊影叹吾衰，哪堪月冷房空，娇女娇儿犹觅母

十三载侍我京朝，谏草成囊，累卿收拾，俸钱今少裕，谁料人亡琴在，营斋营奠转伤神

扬州太守何金寿挽妾

昔时未读五车书，雅量清心，温如玉，冷如冰，是大将实是大儒，使天下讲道论文人愧死

此日竟成千秋业，忠肝义胆，重于山，坚于石，忘吾身不忘吾主，任世间寡廉鲜耻辈偷生

上海吴淞群众挽陈化成（鸦片战争时期保卫吴淞，英勇牺牲殉国）

痛不哭，苦不哭，屈辱不哭，今年诚何年，四个月前流过两行泪痕，又谁料，这番重为先生湿

言可传，行可传，牙眼可传，斯老真大老，三十载来打出一条血路，诗吩咐，此责端赖后死肩

唐弢挽鲁迅

十余年受苦奔波，秉春秋笔，执教士鞭，仗剑从军，矢志为党，有志未能伸，此生空热心中血

一家人悲伤哭泣，求父母恕，劝兄弟忍，温语慰妻，负荷属子，含冤终可白，再世当为天下雄

熊亨瀚烈士1928年被捕牺牲前自挽

仗剑从云，作干城，忠心不易，军声在淮海，遗爱在江南，万庶尽衔哀，回望大好山河，永离赤县

挥戈挽日，接樽俎，豪气犹存，无愧于平生，有功于天下，九泉应含笑，伫看重新世界，遍树红旗

张伯驹挽陈毅

三十年科举沉迷，自从知罪悔改以来，革过命，无党勋，做过官，无政绩，留过学，无文凭，才力总后人，唯一事工，尽瘁岭南而死

两半球舟车习惯，但以任务完成为乐，不私财，有日用，不养子，有徒众，不求名，有记述，灵魂乃真我，几多磨炼，荣归基督永生

近代教育家荣光先自挽

大通讲学，光复联盟，按剑说同仇，不图三十三龄弱女子，成仁取义，腥血光埋，抱沉痛四年余，竟英灵旋转乾坤，试想贵福奸奴，而今安在

春社留题，西冷感旧，拈花谈慧果，长作六月六日新纪念，崇德报功，丰碑重树，垂令名千载后，便进党眷怀风雨，当并伯荪诸烈，终古难忘

革命党人朱瑞同挽秋瑾

甲也为先生友，乙也为先生敌，丙也与先生叛离，丁也得先生亲信，三三两两幸得大会齐临，试俯首扪心，亦曾愧对先生否

成则受国人欢，败则受国人骂，生则遭国人猜忌，死则令国人悲哀，是是非非直到盖棺论定，愿从头细想，果何辜负国人乎

某人挽黄兴

亚雨欧风，痛鸦片，恨联军，气甲午，愤马关，国事日蹙，每况愈下，清廷腐败无能，根基动荡，大厦将倾，唤醒国民，挽狂澜于既倒，作砥柱于中流，仁人意趣，气壮斗牛，出污泥而不染

披星戴月，去美洲，渡重洋，趋星岛，赴扶桑，民族存亡，如水亦深，革命艰难曲折，斗志弥坚，壮怀激烈，追随领袖，积失败之经验，求成功之转机，慈母胸襟，星辉河汉，历冰雪以长青

王也六挽宋庆龄

五十岁崎岖世路，献身革命，尽瘁斯民，海内瀛寰，同钦气节，两次从征凡七载。流亡异域，苦经十度春秋，反动阴谋空画饼，纵几次羁囚，壮怀尤烈。方期延水堤边，宏抒国是。天丧巨才无可赎，旷古艰难遗后死

二十年忧患旧交，同学苏京，并肩北伐，南昌广州，共举义旗，一朝分手隔重洋。抗日军兴，血战大江南北，茂林惨变痛陷身，喜今番出狱，久别重逢。孰意黑茶山上，飞殒长星。我哭故人成永诀，普天涕泪失英雄

聂荣臻挽叶挺

广东是现代思潮汇注之区，自明季迄于今兹，汉种孑遗，外邦通市，乃至太平崛起，类皆孕育萌兴于斯乡，先生挺立其间，砥柱于革命中流，启后承先，涤新淘旧，扬民族大义，决将再造乾坤，四十余年，殚心瘁力，誓以青天白日，满地红旗，唤起自由独立之精神，要为人间留正气

中华为世界列强竞争所在，由泰西以至日本，政治掠取，经济侵凌，甚至共管阴谋，争思奴隶牛马尔家国，吾党适丁此会，丧失我建国山斗，云凄海咽，地黯天愁，问继起何人，毅然重整旗鼓，亿兆有众，惟工与农，须本三民五权，群策群力，遵依牺牲奋斗诸遗训，成厥大业慰英灵

李大钊挽孙中山

历代名人、民间对联

色难

容易

解缙联

马齿苋

鸡冠花

法式善(下联)与先生(上联)对

独脚兽

比目鱼

鲁迅(下联)对老师寿镜吾(上联)

孙行者

祖冲之(或"胡适之")

清华大学国文楼题联,陈寅恪作

以父作马

望子成龙

林则徐(下联)巧对主考官(上联)

二三四五

六七八九

吕蒙正联。上联缺一(衣);下联缺十(食),谐音

士为知己

卿本佳人

某人讽刺清朝皇帝宗室双富,别号士卿,嵌字联

王戎李核

童贯梅仁

王戎:西晋贪官。李:理,办理。核:核算。童贯:北宋宦官。梅:谐音"没",梅仁,没仁。后人作联

打他姨妈

吓我岳母

湖北某学堂开设日文课,学生将文中"塔太衣木"读作"打他姨妈",另一个学生将"黑乌育"读作"吓我岳母"

见机而作

入土为安

某人讽刺蒋介石龟缩重庆,躲在防空洞里作联

民国万税

天下太平

成都人刘师亮讽刺国民党政府作联

有条有理
无法无天
某人讽刺国民党法院徇情枉法作联

老欲依僧
急则抱佛
王安石（上联）与客人（下联）对

黄金针菜
碧玉簪花

朋友之交
淡泊如水
曹雪芹联

求通民情
愿闻己过
林则徐出任江苏廉访使联

莺啼北里
燕语南邻
王羲之（乔迁之喜写此联）

儋州立业
宝岛生根
周恩来题儋县热带作物研究院联

作圣人师
烹天子父
李调元联

深山隐高士
盛世期新民
刘少奇赠名医盛多贤联

灵石一千石
天花百亿花
康有为自题书室联

老拳搏古道
儿口嚼新书
金圣叹联

荷叶鱼儿伞
棉花虱子窝
杜甫联

八刀分米粉
千里重金锺
某人作拆字联

白眼观天下
丹心报国家
近代民主革命家宋教仁联

铁肩担道义
妙手著文章
李大钊赠杨子惠联

鱼乐人为乐
泉清心共清

笔落惊风雨
诗成泣鬼神
杜甫赞李白联

半夜三更半
中秋八月中
清初文学批评家金圣叹到寺庙去，庙主出上联，后来金圣叹八月中秋节这天被杀时才对出下联

杯中含太极
腹内孕乾坤

清朝魏源九岁参加童子试，县官指着茶杯上的太极图要他作联，魏源写出此联

眼前皆黑地
头上有昏天

腹内皆狗肺
胸中有狼心

眼前皆怒民
头上待钢刀

以上三联均为某人讽刺贪官作联

五品天青褂
六味地黄丸

清朝苏州人陈见三开药店买五品官

三绝诗书画
一官归去来

郑板桥（上联）对好友李啸村（下联）

早行节俭事
免过淡泊年

某人作联

二人土上坐
一月日边明

拆字联，某人作联

一扇千须动
三梳万发通

胡宗宪联

幸得共产党
福我白发人

—敬老院联

博爱从吾好
宜春有此家

孙中山为梅县“爱春楼”题嵌字联

烟锁池塘柳
炮堆镇海楼

乾隆（上联）与后人（下联）对

一阵风雷雨
四德元亨利

苏东坡（下联）巧对巡学（上联）

三光日月星
四诗风雅颂

苏东坡（下联）对辽使（上联）

叶磨千口剑
干耸万条枪

诗人王琪见青丛丛竹而作联

三强韩赵魏
九章勾股弦

1953年，中国科学院组织出国考察团，科学家钱三强任团长，团员有华罗庚、赵九章等人，因作此联

龙藏流水井
马站清风桥

某人将龙藏街、流水井、大马站、小马站、清风桥四条街组成名联一副

林间两蝶斗
水上一鸥游

乾隆（上联）与纪晓岚（下联）对

生当作人杰
死亦为鬼雄

李清照联

眼前皆赤子
头上尽黄金

眼前皆赤地
头上有黑天

腹中皆白字
头上尽黄金

手中持白刃
头上戴红缨

上四联为某人讽刺县衙门作联

不明才主弃
多故病人疏

纪晓岚为庸医作联

閒看門中月
思耕心上田

清朝人史致严（下联）对县令（上联），拆字“門”“思”

细雨肩头滴
青云足下生

邱濬（下联）巧对老师（上联）

三角如鼓架
一秃似擂槌

三绝诗书画
一官归去来

郑板桥（下联）对李啸村（上联）

文章移造化
忠孝作良图

王羲之联

新年纳余庆
嘉节号长春

后蜀主孟昶联

海为龙世界
天是鹤家乡

画家齐白石赠毛主席

但取心中正
无愁眼下迟

王禹偁以磨作联

不屈为至贵
最富是清贫

吴祖光联

白眼观天下
丹心报国家

近代杰出民主革命家宋教仁生前作此联明志

清操厉冰雪
赤手捕长蛇

中国共产党创建者之一邓中夏在北京大学读书时作此联咏志

洞中才数日
世上已千年

起病六君子
送命二陈汤

“六君子”指杨度、刘师培等筹安会员，他们拥立袁世凯做皇帝事；“二陈汤”指袁世凯的亲信陈树藩、陈宧

孔子生舟（周）末
光舞（武）起汉中

林则徐（下联）与渔翁（上联）对。周末：西周末年；孔子：渔翁指船尾插舵的小孔

莲（怜）子心中苦
梨（离）儿腹内酸

金圣叹临刑联

（发奋）识遍天下字
（立志）读尽人间书

苏东坡作，前括号内所加之字为戒自己狂妄

因荷（何）而得藕（偶）
有杏（幸）不须梅（媒）

程敏政（下联）巧对宰相李贤（上联）

季子喜言高
藩臣徒误国

某人作联讽刺左宗棠（别号季高）和曾国藩

天漫人华风趣
地大物博妙心

石鲁赠漫画家华君武

鹊报援朝胜利
花贻抗美英雄

周总理为何香凝画作联

门对千竿竹短
家藏万卷书长

解缙联

严父肩挑日月
慈母手转乾坤

解缙（下联）对曹尚书（上联）

君恩深似海矣
臣节重如山乎

原联为“君恩深似海，臣节重如山”，作者为明朝洪承畴，后来叛变，时人加“矣”“乎”予以嘲讽

洒几点普通泪
死两个特别人

闹几个虚字眼
罚三十大银元

刘诗亮在光绪、慈禧太后去世后作上述二联

共争青岛归还
同看国贼罢黜

欢呼学生复课
庆贺商店开门

上两联为“五四”运动胜利后某人作联

有理尽管胆大
无私何妨心雄

烈士曾延生创办“觉群社”书联

此地安能居住

其人好不悲伤

明朝祝枝山讽刺某富豪家，断句位置不同，语意不一样

中国捷克日本

南京重庆成都

国名、地名联，某人作于1945年抗战胜利后

龙呵气而成云

蚕吐丝以自缚

清朝黄遵宪（下联）巧对吸鸦片的祖父（上联）

联苑平添新叶

艺坛喜放奇葩

书法家武中奇联

家有万金不富

膝下五子尚孤

某寒士十女无子，上联十女为万金，下联十个女婿合为五子，女婿为半子，某人作联

小子牵牛入户

状元打马还乡

清代陶澍小时候替东家放牛，东家出上联，陶澍对下联

望崦嵫而勿迫

恐鹈鴂之先鸣

鲁迅集《离骚》句成联

与如夫人洗足

赐同进士出身

上联讽刺李鸿章畏妻，下联讽刺左宗棠文化水平低，后人作联

坐，请坐，请上坐

茶，敬茶，敬香茶

苏东坡写给和尚联

不费红军三分力

打垮江西两只羊

1928年，国民党赣军杨如轩、杨池生部队进犯井冈山革命根据地，被我军击败。朱德于当年6月作此联

安危他日终须仗

甘苦来时要共尝

孙中山赠黄兴联。“二次革命”失败后，孙中山、黄兴等再次流亡日本，黄兴因要去美国养病，行前他宴请孙中山叙别，孙中山集杜句为联相赠

聊与古人谈古月

头为直士抗横流

1927年中秋，关押在广西南宁监狱里的两名革命战士分别作上、下联

松间明月长如此

身外浮云何足论

抗日民族英雄吉鸿昌引宋之问和白居易诗文作联

云龙搏浪飞三级

天马行空载五华

看洞中依然旧景

望窗外正是新春

以上两联均为重庆渣滓洞革命先烈撰联

江州司马青衫湿

梨园子弟白发新

王安石与蔡天启联对

龙头金角安天下

虎口银牙定太平

拂石闲坐夜露冷
踏花归来马蹄香

苏东坡联

水流石边冷冷淌
风拂花间冉冉香

苏辙联

嫩寒锁梦因春冷
芳气袭人是酒香

秦少游联

啼月杜鹃喉舌冷
眠花蝴蝶梦魂香

佛印和尚联

小童生暗藏春色
老宗师明察秋毫

欧阳修(上联)与一童生(下联)对

早死三年天有眼
多生半载地无皮

某人讽刺贪官联

万里春风抒壮志
百年美梦入长征

文学家姚雪垠联

秋水为神玉为骨
词源如海笔如椽

黄兴赠汤增璧联

但得夕阳无限好
何须惆怅近黄昏

朱自清联

汲来江水煮新茗
买尽青山留画屏

饱暖富豪讲风雅
饥馑画人爱银钱

上两联是郑板桥所作,第二联嘲讽盐商

奇松诡石天然净
涧草山花自在香

乾隆联

斗酒纵观廿四史
炉香静对十三经

史可法联

清风有意难留我
明月无心自照人

王夫之联

诸葛大名垂宇宙
元戎小队出郊坼

岳飞联

国朝谋略无双士
翰苑文章第一家

朱元璋赠陶安联

险夷不变应尝胆
道义争担敢息肩

周恩来联

万里江山绕郭去
六朝山色送春来

黄养辉联

假作真时真亦假
无为有处有还无

出自《红楼梦》

笔直一条方便路
大开两扇慈悲门

吴鳌联

风吹柳叶千枝动
雨打池塘万点波

乾隆联

风吹柳叶枝枝动
雨打池塘点点波

吴鳌将上面乾隆联作了改动

四面云山谁是主
一头雾水不知踪

何淡如联

万顷湖平长似镜
四时月好最宜秋

石治棠描绘平湖联

那者那移那里去
从者从容从此走

纪晓岚联

能受苦方为志士
肯吃苦不是痴人

下大雨麦子管种
夏大禹墨子管仲

此联嵌三个人名:大禹、墨子、管仲。某人联

旱高地田禾必干
汉高帝田横比干

此联嵌三个人名:汉高帝刘邦、田横、比干。某人联

看洞中依然旧景
望窗外正是新春

重庆渣滓洞革命志士联

聊与今人谈古月
头为直士抗洪流

关押在监狱中的两个革命志士联

与我意见常相左
问尔经济有何曾

左宗棠(下联)与曾国藩(上联)对

父在外,肩担日月
母居家,手转乾坤

解缙联

松间明月长如此
身外浮云何足论

本联为集句联,引自宋之问和白居易的诗文。抗日英雄吉鸿昌题联自勉

立刻捉拿三只手(扒手)
几时失过一根毛

有酒不妙邀月饮
无钱何必食云吞

座上珠玑照日月
堂前黼黻焕烟霞

出自《红楼梦》。黼黻:衣服上的花纹

桃花红压玻璃水
萍藻深藏翡翠鱼

鱼游石孔秋江冷
柏成林丛夏岳高

每闻善事心先喜
得见奇书手自抄

祝枝山联

千点桃花红似火
两岸杨柳绿如烟

有关家国书常读
无益身心事莫为

教育家徐特立联

韬略终须绘新图
奋起还得读良书

郭沫若联

自古英雄多磨难
从来纨绔少伟男

某人联

福禄重重增福禄
恩光辈辈受恩光

溥仪联

搔痒不着赞何益
入木三分骂亦精

郑板桥联

兴酣落笔摇五岳
诗成啸傲凌沧州

杜甫赞李白联

不为列强之奴仆
誓做中华之主人

何殿甲赞颂周恩来

哪有心神看跑马
正应筹策补亡羊

“五四”时期上海跑马厅联

诛杀胡虏开天国
斩尽妖魔定太平

太平军联

暂借荆山栖彩凤
聊得紫水活蛟龙

冯云山联

苟利国家生死以
敢因祸福避趋之

林则徐充军伊犁途中作诗，诗中一联

家少楼台天地起
案余灯火有天知

文宜浅淡干枯短
人忌胡麻黑瘦长

某官其貌不扬，文章平淡，有人作联讽刺

山光扑面经宵雨
江水回头欲晚潮

郑板桥（上联）游江苏镇江焦山与友人（下联）对

独眼不登龙虎榜
半月依旧照乾坤

沽酒欲来风已醉
卖花人去路还香

乾隆到江南一酒馆出上联，一卖花姑娘对下联

今朝同上凤凰台
他年独占麒麟阁

于谦与叔父同游凤凰台，叔父出上联，于谦对下联

注述六家胸有甲
立功万里胆包身

韩国钧(江苏省进步人士)赠陈毅元帅联

风送花香红满地
雨滋春树碧连天

风吹马尾千条线
雨洒羊毛一片毡
日晒龙鳞万点金

朱元璋出上联，太子、燕王各对一条下联

口含冻笔舌舔墨
手捻油灯指沾油

某老师(上联)对学生(下联)

此去再逃三尺法
再来不值一文钱

盐城某书生(下联)对县令(上联)

岂为行吟来楚泽
不将风雅薄时贤

广东中山大学商承祚教授喜书法，具有周秦风致，某人作联

英雄有用武之地
发财无后顾之忧

中国共产党第十一届三中全会后某人作联

过年只有两升米
押岁并无一分钱

过年储粮十余担
押岁存款上千元

上两联为改革开放后，某人作联，进行新旧社会对比

风吹泾口风吹泾
水吼桥头水吼桥

此联嵌入了广东潮安县的一些地名，某人联

此地之凤毛麟角
其人如仙露明珠

蔡锷题联给小凤仙，嵌入“凤仙”两字

此木为柴山山出
因火成烟夕夕多

拆字联，“柴”为“此木”，“烟”为“火因”，友人(上联)对清朝翰林刘尔炘(下联)

画上荷花和尚画
书临汉帖翰林书

一和尚(上联)与一翰林(下联)对

春风放胆来梳柳
夜雨瞒人去润花

郑板桥联

多山多水多才子
一泰一岱一圣人

双手劈开生死路
一刀割断是非根

朱元璋作联给阉猪者

点灯登阁各攻书
移椅倚桐同赏月

谐音、拆字联。新婚之夜，新郎在楼上读书，新娘作联

妙人兒倪家少女
搞长弓张府高才

华罗庚到合肥讲学，遇见服务员小倪，作此联。拆字联"少女"为"妙"，"人兒"合为"倪"，姓张的医生在场

无可奈何花落去
似曾相识燕归来

晏殊（上联）与王琪（下联）对

南雄梅岭乌猿洞
东莞茶山青鹤湾

梅岭有一处地方叫乌猿洞。青鹤湾在东莞，六处地名嵌成一联。某人联

南邦寺死个和尚
西竺国添一如来

某人联

投水屈原真是屈
杀人曾子又何曾

暗指屈原、曾子（孔子的学生曾参）。某人作联

生前既不离左右
死后何必分东西

某人将父母合葬，位置放错作此联

一条大路通南北
两边小店卖东西

清朝诗人宋湘联

绣阁团圞同望月
香闺静好对弹琴

清朝天津太守牛稔文娶妇，纪晓岚与之为表兄弟，作联贺

嫂扫乱柴呼叔来
姨移破桶令姑箍

"姨"与"移""姑"与"箍"谐音，某人作联

贾岛醉来非假倒
刘伶饮尽不留零

友人出上联，唐伯虎对下联。谐音"假倒"同"贾岛""刘伶"同"留零"

闭门推出窗前月
投石冲开水底天

苏小妹（上联）三难秦少游（下联），出自电视剧《苏小妹三难秦少游》

阿兄门外邀双月
小妹窗前捉半风

苏小妹（上联）与苏东坡（下联）对

福无双至今朝至
祸不单行昨夜行

王羲之联

黄酒白酒都不论
公鸡母鸡只要肥

此联讽刺国民党地方官吏搜刮民财。某人联

三鸟害人鸦鸩鸨
一群卖国鹿獐蟫

此联为鸟店联，"鹿獐蟫"为谐音，指上联"四大金刚"除去段祺瑞。"五四"时某人作

一二三四五六七

孝悌忠信礼义廉

某人讽刺袁世凯，上联隐去“八”——“忘八”，下联隐去“耻”——“无耻”

园中阵阵催花雨

席上常常撒酒风

某先生喝酒后（上联）与学生对联（下联）

鼠无大小皆称老

龟有雌雄总姓乌

清朝翰林院学者均称老先生。某人作联

造成东倒西歪屋

用尽贪赃枉法钱

某人讽刺一县令罢官还乡用敲诈的钱盖别墅

早去一天天有眼

再留此地地无皮

某人讽刺清朝的官吏

头上有情飘翠羽

胸中无策退红毛

某人讽刺官吏在鸦片战争中发国难财

之字路偏要你走

洞中怪且奈我何

嵌字联，一书生骂张之洞出上联，张之洞续不出下联，学生续下联

杨三已死无苏丑

李二先生是汉奸

扬州苏昆名丑杨鸣玉（又名杨三）谴责李鸿章，后人作此联

宰相合肥天下瘦

司农常熟世间荒

某人讽刺李鸿章（安徽合肥人）和翁同龢（江苏常熟人）

少目焉能识文字

欠金安可望功名

清朝吴省钦任学台主持考试，受贿，后人写拆字联嘲讽

饱暖富贵讲风雅

饥馑画人爱银钱

郑板桥为盐商作联

这一街许多笑话

我二老从不作声

某人为土地庙门作联

鼠因粮绝潜踪去

犬为家贫放胆眠

徐英为屠夫作联

都宪叩头如捣蒜

侍郎曲膝似抽葱

某人为权臣趋炎附势而作联

自古未闻粪有税

而今只剩屁无捐

郭沫若联

母鸭无鞋空洗脚

公鸡有髻不梳头

林则徐（下联）对友人

踢破磊桥三块石
剪开出字两重山
李调元(下联)对童子堆石阻路(上联)

急水推沙粗在后
风车放谷细先行
宋湘(下联)对门吏(上联)

细羽家禽砖后死
粗毛野兽石先生
纪晓岚(下联)对老师(上联)

稻草扎秧父抱子
箩篮提笋母怀儿
熊廷弼(下联)对友人(上联)

好书不厌看还读
益友何妨去复来
毛怀联

谁识犬能欺得虎
焉知鱼不化为龙
邱濬(下联)巧对父亲(上联)

泼墨为山皆有意
看云出岫本无心
陶绍原联

水底日为天上日
眼中人是面前人
杨大年(下联)对寇准(上联)

千年老树为衣架
万里长江作浴盆
解缙(下联)与父亲(上联)戏对

读书心细丝抽茧
练句功深石补天
现代文学家柯灵书房联

鹦鹉能言难似凤
蜘蛛虽巧不如蚕
王禹偁联

衡门稚子璠玙器
翰苑仙人锦绣肠
孙仲益(下联)巧对苏东坡(上联)(璠玙:宝石)

史鉴流传真可法
洪恩未报反成仇
明朝洪承畴的学生在洪承畴过六十岁时作

木马两头三只脚
石龙独珠半边身
白居易联。石龙:石柱上的龙;木马:木匠用的三角脚

野道先生姜姆刺
荒塘杂种狗头梨

山中落日沈于涧
楼上看花都见心
沈于涧(上联)与都见心(下联)是朋友,戏对

无山得似巫山好
何叶能如荷叶圆
何水能如河水清
苏东坡(上联)与和尚了元(下两联)对

池中荷叶鱼儿伞
梁中蛛丝燕子帘
被里棉花虱子窠

明代祝枝山出上联，友人、乞丐各对一条下联

鼠去牛来闻虎啸
弊除利兴盼龙腾

出自《中国青年报》

涓一文，天诛地灭
滴一情，男盗女娼

某人讽刺一县官联

柴重人轻，轻担重
路长脚短，短量长

宋湘（下联）对酒店（上联）

著著著！主子洪福
是是是！皇上圣明

某人作联，讽刺清朝军机大臣潘世恩和穆颜阿等人阿谀逢迎的行为

费国民血汗已几亿
集天下混蛋于一堂

1948年，许寿裳先生被害于台北，四川乔大壮作联

晓岚确是神行太保
云楣不过圣手书生

纪晓岚（下联）与彭元瑞（上联）对

少林豪杰横眉前领
中日友好前程似锦

廖承志书赠日本少林拳法访华代表团联

吃墨看茶听香读画
吞风卧露喝月担云

郑板桥联

红树青山斜阳古道
桃花流水福地洞天

写湖南桃花源，某人联

披发缨冠众志成城
唇亡齿寒辅车相依

刘少奇联

大海有真能容之度
明月以不常满为心

郭沫若联

帝女合欢，水仙含笑
牵牛迎辇，翠雀凌霄

广州七月初七"乞巧节"，某人用八个花名作联

升官发财，莫走斯路
贪生怕死，请入别门

黄埔军校门联

韩愈送穷，刘伶醉酒
江淹作赋，王粲登楼

潮州"韩江酒楼"联。刘伶：竹林七贤之一；江淹：南朝文学家

倭寇不除，有何颜面
国仇未报，负此头颅

抗日战争时某人作联

恶客恶客，快去快去
好东好东，再来再来

主（上联）客（下联）之间戏对

海纳百川，有容乃大
壁立千仞，无欲则刚

林则徐出任两广总督时联

剪纸斗彩，秋色迷人
作字题诗，春风满座

1962年，茅盾（上联）参观佛山民间艺术研究社与郭沫若（下联）对

六代绩沉，帝王梦破
中原天曙，工农亦盟

庆祝河南总工会成立联

击壤而歌，人民康乐
裁笺以颂，祖国富强

李宗海联

尔等论命莫论文，碰
咱们用手不用眼，摇

此联讽刺清朝时某一满族人不学无术却任主考官

奇乎？不奇，不奇亦奇
园耶？是园，是园非园

1944—1947年西安有“奇园茶社”，是地下党交通站。某人联

洪洞县共同三点水
慈悲主兹非两条心

“慈悲主”是洪洞县观音堂门额上的字。某人作联

辛勤奉献谋万家福祉
俯首耕耘筑百姓乐园

左都建为牛而作联

万里长征犹记泸关险
三军远戍严防帝国侵

朱德为建铁索桥题联

坚韧卓绝为吾人本色
奋斗牺牲是我辈精神

中国共产党早期农民运动领袖阮啸仙联

垂帘三十年，年年割地
尊号十六字，字字欺天

慈禧用十六字标榜自己，某人作联讽刺

王好货，不论金银铜铁
寅属虎，全需鸡犬牛羊

某人讽刺贪官王寅

宠宰宿寒家，穷窗寂寞
客官寓宦官，富室宽容

明朝宰相叶向高（上联）对新科状元翁正春（下联）

人曾是僧，人弗能成佛
女卑为婢，女又可称奴

苏小妹（上联）与佛印（下联）对，拆字联

四金刚捧日，确是可杀
众商行罢市，尤须坚持

磁业公会门前对联。四金刚：指段祺瑞、陆宗舆、章宗祥、曹汝霖四人

池中莲苞攥红拳，打谁？
岸上麻叶伸绿掌，要啥？

纪晓岚（下联）与乾隆（上联）对

祖国语言本是单音一义

文人运用自生骈体丽辞

吴白匋联

问客何来，想是仙风吹到

留君不住，须当明月照归

1924年，秋收起义总指挥卢德铭不顾家人反对，毅然离家，考入黄埔军校，并在北伐战争中屡立战功，1927年在江西萍乡芦溪壮烈牺牲。此联是他离家前亲笔书于自家门上的对联

一行朔雁，避风雨而南来

万古阳乌，破烟云而东出

陈韡（下联）巧对朱熹（上联）

榨响如雷，惊动满天星斗

油光如月，照亮万里乾坤

竹本无心，遇节岂能空过

松原有籽，过时尽是千包

郭沫若（下联）对老师（上联）

鲈鱼四腮，独占松江一席

螃蟹八爪，横行天下九州

一知府出上联，张之洞续联

一目不明，开口便成两片

廿头割断，此身应受八刀

拆字联，上联隐"鼎"，下联隐"芬"。清朝梁鼎芬敲诈勒索，有人作此联

花甲重逢，增加三七岁月

古稀双庆，更多一度春秋

乾隆帝设宴出上联，内有141岁老者，纪晓岚对下联

红白相兼，醉后便迷南北

青黄不接，贫来变卖东西

江苏无锡生产"红白酒"，两郡判调查饥荒时喝醉了酒，大宪要治罪（上联），两人对了下联，免罪

客舍凄凉，恰是今宵七夕

寒斋寂寞，可移下月中秋

某人联

宝塔尖尖，七层四面八方

玉手摇摇，五指三长两短

苏东坡（下联）巧对巡学（上联）

竹笋出墙，一节须高一节

梅花逊雪，三分只是三分

教书先生月薪三分银子，指新竹作联，东家回联（下联）

俭德雅操，修身根本

节流成海，富国源泉

汤洁联

点滴须珍，天物岂能暴真

洁廉要奉，人心自具良知

袁裕陵联

心不奢以养德，财不奢以养福

事有节则安神，行有节则安身

尹国庆联

丢一粒粮，可生祸国败家之患

修三声德，能造利民济世之才

曲卫猛联

寇公罢宴，明祖戒奢，见贤者以思齐，治家治国愿同理

淡泊养心，靡贪坠志，读箴言而警省，修德修身可立天

魏艳鸣联

以上五联均为2014年江苏省节俭养德全民节约行动优秀楹联

迷蒙而至，停耕南陇之田

泥泞路遥，望作东家之客

雨停后，主人（上联）呼耕地之子回来，客人经过（下联）对联

客已至矣，庭前准备菜汤

宾既来兮，厨下安排酒席

主人（上联）对客人（下联）

匡床已设，今宵且可安身

主意甚殷，明日定留早膳

福业告终，只有卢前马后

崇基已毁，何劳东捷西沾

卢前：卢九德；马后：指马士英；东捷西沾：指一班奸臣。某人作联

闯贼无门，匹马横行天下

元凶有耳，一兀直捣中原

闯贼无门：暗寓“马”字；元凶有耳：暗寓“阮”字。某人作联讽刺明崇祯年间一些奸臣

云锁高山，哪个尖峰敢出

日穿漏壁，这条光棍难拿

某书生（上联）有正义感，为豪绅（下联）痛恨

渺渺三魂，活佛竟成死鬼

迢迢万里，东来不见西归

清朝“西天活佛”来京出天花而死，某人作联

夜浴鱼池，摇动满天星斗

早登麟阁，力挽三代乾坤

洪秀全联

虎贲三千，直扫幽燕之地

龙飞九五，重开尧舜之天

太平军定都南京后殿王府联

东王解冻，暖回旸谷之春

王泽敷天，普锡群黎之福

杨秀清府联

远望宝塔，八楞四方六面

近视手掌，五指三长两短

周渔璜联

学生含冤，定卜三年不雨

同胞受辱，可兆六月飞霜

此联用齐妇含冤和邹衍下狱典故声援“五四”运动被捕学生，某人作联

古塔巍巍，四面七棱八角

手掌摇摇，五指三长两短

少作书生，未见升堂入室

老为庙祝，粗知扫地焚香

李贽联

竹本无心，皮外多生枝节

藕虽多口，肚内不染污泥

夜浴银池，惊动满天星斗

早朝金阙，把持万里江山

塾师见严嵩洗澡出上联，严嵩对下联

寻寻觅觅，韶华转眼即逝
犹犹豫豫，知音再度难逢

地楼之上起楼，楼间无地
天井之中开井，井底有天

王洪联

不读书以超儒，士心皆冷
未通文而登选，人谓有钱

嵌字联，教喻冷超儒、钱登选靠贿赂得官，别人以其名作联

忍令上国衣冠，沦于夷狄
相率中原豪杰，还我河山

石达开起兵联

披衣著靸而行，急事急事
弃甲曳兵而走，常输常输

眼前一簇园林，谁家庄子
壁上几行文字，哪个汉字

明朝画家陈道复（上联）与唐伯虎（下联）对

若受暮夜钱财，天诛地灭
如听衙役说话，男盗女娼

某县官上任贴此联

学如逆水行舟，不进则退
心似平原跑马，易放难收

沙马钻沙洞，沙生沙马目
水牛食水草，水浸水牛头

曹宗（上联）对渔民（下联）

客上天然居，居然天上客
人过大佛寺，寺佛大过人
僧游云隐寺，寺隐云游僧

回文联，乾隆出上联，纪晓岚对下联，后人又续一下联

青山原不老，为雪盖白头
绿水本无愁，因风吹皱面

邓中夏（下联）对父亲（上联）

闲门罢庆吊，高卧谢公卿
落花扫仍合，丛兰摘复生

上联为南朝文学家刘孝绰出，下联为其三妹刘会娴对

酿酒缸缸好做醋，坛坛酸
养猪条条大如鼠，条条死

标点如点在“好”“大”后，句意则不同。某人作联

看守所，看守看守所主任
救济署，救济救济署职员

冯玉祥联

骑青牛，过函谷，老子姓李
斩白蛇，入武关，高祖是刘

清朝李元度作联。《列仙传》记载：“老子（李耳）西游，关令尹喜望见有紫气浮关，而老子果乘青牛而过也。”

读书好，耕田好，学好便好
创业难，守成难，知难不难

清代文学家吴敬梓联

冻雨洒窗，东二点，西三点
切瓜分客，上七刀，下八刀

蒋焘（下联）对友人（上联）

冯二马，驯三马，冯驯五马
伊有人，尹无人，伊尹一人
一童子(下联)对友人(上联)

诗第一，书第一，诗书第一
父状元，子状元，父子状元
一官吏作联

父戊子、子戊子，父子戊子
师司徒、徒司徒，师徒司徒
乾隆年间戊子年，有父子同中进士，任司徒官。纪晓岚作联

顾司空，顾人情，不顾脸面
戴学士，戴关节，未戴眼睛
清朝主考顾司空与副主考戴学士狼狈为奸。有人作联

振民气、合民力、万众一心
御国敌、除国贼、匹夫有责
“五四”运动爆发后学生作联

往南乎，往北乎，权且坐坐
为名焉，为利焉，何必忙忙

读书好，耕田好，学好便好
创业难，守成难，知难不难
吴敬梓联

雨打沙滩，沉一渚，陈一渚
风吹蜡烛，流半边，留半边
清诗人周渔璜游金山，一僧出上联，他对下联

穿冬衣戴夏帽，胡度(糊涂)春秋
生南方官北方，浑长(混帐)东西
某穷书生(下联)与生在北方到浙江做官的县令(上联)对

小村店三杯五盏没有东西
大明君一统万方不分南北
出自《洪武鞭侯》

荷败莲残，落叶归根成老藕
禾黄稻熟，吹糠见米现新粮(新娘)
相传唐朝时读书人麦爱新见妻子年老色衰，想再纳新欢，妻子见了丈夫的上联，写了下联，麦爱新看后回心转意

竹笋新生，何日得成林秀茂
梅花初放，几时轮到叶先生
某人联

东鸟西飞，遍地凤凰难下足
南麟北走，满山禽兽尽低头
某人联

此日盛游，同气仰为贤知列
异时文集，相期长在天地间
谭嗣同赠吴筱山联

花坞春晴，鸟韵奏成无孔笛
树庭日暮，蝉声弹出不弦琴
顾鼎成(下联)与老师(上联)对

柳线莺梭，织就江南三月锦
云笺雁字，传来塞北九秋书
顾鼎臣(下联)与父亲(上联)对

雏凤学飞，万里风云从此始
潜龙奋起，九天雷雨及时来
张居正(上联)与顾璘(下联)对

松下围棋，松子每随棋子落
柳边垂钓，柳丝常伴钓丝悬
苏东坡（上联）与黄庭坚（下联）对

一串无鳞，鳅短鳝长鲶瘪嘴
满席有定，龟圆鳖扁蟹无头
某人联

璧合珠联，文苑奇葩谐雅俗
山欢海笑，神州新貌起讴歌
某人联

一船两橹，三人摇过四仙桥
万砖千瓦，百匠造成十佛寺
某人联

七鸭浮塘，数数数三双一只
尺鱼跃水，量量量九寸十分
明朝状元翁正春（上联）送宰相叶向高（下联）路过池塘时作

树影横江，鱼游枝头鸦宿浪
山色倒海，龙吟岩畔虎眠滩
某人联

太平世界，男女同权应科举
天国春秋，军民协力斩妖顽
太平天国定都后，开科考女状元，某人作联

十口心思，思家思民思社稷
寸身言谢，谢天谢地谢君子
纪晓岚（下联）对乾隆（上联）

倘死吾家，未免一场官府事
欲全我命，须有十两烧埋钱

天近山头，到了山头天又远
月浮水面，撬开水面月还深
李渔对慧远，游扬州蜀冈

枕耽典籍，与许多贤圣并头
扇写江山，有一统乾坤在手
陶安（下联）对朱元璋（上联）

晚霞映水，渔人争唱《满江红》
朔雪飞空，农夫齐歌《普天乐》
黄山谷（上联）对苏东坡（下联）

磨砺以须，天下有头皆可剃
及锋而试，世间妙手等闲看
太平天国冯云山作联

鳝长鳅短，鲶大咀一串无鳞
龟硬鳖软，蟹细眼三者有足
渔翁（上联）对清朝张謇父亲（下联）

心在人民，原无论大事小事，利归天下，何必争多得少得
心在朝廷，原无论先主后主，名高天下，何必辨襄阳南阳
胡耀邦题武侯祠

磨砺以须，问天下头颅几许
及锋而试，看老夫手段如何
石达开联

座上无毡，且喜身安心内乐
门前有粟，谁怜眼饱肚中饥
某学士除夕作联

炭去盐归，黑白分明山水货
竹横麻竖，青黄交错软硬帘

清朝高州府官戴虎（下联）凶悍，与卖柴者（上联）吵架，出此联

独立桥边，人影不随流水去
孤眠枕上，梦魂回到故乡来

两秀才戏对

破虏平蛮，功贯古今人第一
出将入相，才兼文武世无双

某人联

北斗七星，水底连天十四点
南楼孤雁，月中带影一双飞

某人中秋夜登临江楼赏月作联

独岭孤山，一神像单刀匹马
隔河两岸，二渔翁双钓对竿

清朝状元刘镒游望仙山出上联，一渔翁对下联

水部火灾，金司空大兴土木
北人南相，中书君什么东西

清乾隆年间，京城工部衙失火，皇上命工部尚书金简召集民工重新建造，纪晓岚（下联）对某人（上联）

十口心思，思国思家思社稷
八目尚赏，赏风赏月赏秋香

“十口心”合成“思”，“八目尚”合成“赏”，此联出自电影《三笑》

指挥烧纸，纸灰飞上指挥头
修撰进馐，馐馔饱充修撰腹

李东阳看一武官指挥属下祭神作联

醉汉骑驴，步步颠头算酒账
艄公摇橹，深深作揖讨船钱

苏东坡（上联）与秦少游（下联）对

晚霞映水，渔人争唱满江红
朔雪飞空，农夫齐歌普天乐

苏东坡（上联）与黄庭坚（下联）对

八面威风，转个弯私心一点
大模尸样，勾入去有口难言

讽刺旧时广东各地所设的“公局”。“尸”与“勾”“口”合成“局”；“私”与“人”合成“公”。某人作联

国祚不长，八十多天袁皇帝
封疆何窄，两三条巷伪政权

某人讽刺汪精卫

或在园中，拖出老袁还我国
余临道上，不堪回首问前途

拆字联，讽刺袁世凯，语意双关“園”去“袁”加“或”即为“國”（国），“道”去“首”，加“余”则为“途”。某人联

烛向灯云：靠汝遮光作门面
鼓对锣曰：亏侬空腹受拳头

元宵灯联

谈何容易，邀下官同饮三杯
礼尚往来，请上座独吃八碗

某县令入庙，和尚邀他喝酒，县令作此联

墙上芦苇，头重脚轻根底浅
山间竹笋，嘴尖皮厚腹中空

解缙作联嘲弄无实学的官吏

炒豆捻开，抛下一双金龟甲
甜瓜切破，分成两片玉玻璃

唐伯虎（下联）对友人（上联）

雏凤学飞，万里风云从此始
潜龙奋起，九天雷雨及时来

张居正（下联）对顾璘（上联）

雨过月明，顷刻呈来新境界
天昏云暗，须臾不见旧江山

李自成（下联）对老师（上联）

柳线莺梭，织就江南三月景
云间雁字，传来塞北九秋书

顾鼎臣（下联）对父亲（上联）

杨花乱落，眼花错认雪花飞
竹影徐摇，心影误疑云彩过

文学家杨慎（下联）对友人（上联）

破虏平蛮，功贯古今人第一
出将入相，才兼文武世无双

朱元璋赠徐达

花坞春晴，鸟韵奏成无孔笛
树庭日暮，蝉声弹出不弦琴

顾鼎臣（下联）对馆师（上联）

四口同圖（图），内口皆归外口管
五人共傘（伞），小人全仗大人遮

杨溥（下联）巧对地方官（上联）

七里山塘，行到半塘三里半
九溪蛮洞，经过中洞五溪中

王安石（上联）对苏东坡（下联）

此地有崇山峻岭，茂林修竹
何处无清风明月，瑶草琪花

纪晓岚联

弯腰桃树倒开花，蜜蜂仰采
歪嘴石榴斜张口，喜鹊横戳

断案似水无冤狱，尽是假话
爱民如子效包拯，全为骗人

某贪官作此联的前半部分，后半部分是别人加的

昨日偷桃钻狗洞，不知是谁
他年攀桂步蟾宫，必定有我

郭沫若读私塾时，曾和同学一起偷庙里的桃子，老师知道后罚他们“对课”，老师出上联，郭沫若对下联

天作棋盘星作子，日月争光
雷为战鼓电为旗，风云际会

刘基（下联）对朱元璋（上联）

天作棋盘星作子，谁人敢下
地作琵琶路为弦，哪个能弹

解缙父亲与友人下棋，友人出上联，解缙作下联

坐北朝南吃西瓜，皮往东放
自上而下看左传，书向右翻

上两联为清朝一潘姓县令（下联），山东人，到江南做官，对秀才（上联）联

螺圆蚌扁鳖头尖，满盘皆壳
鳅短鳝长鲶嘴阔，一篓无鳞

某人联

东风吹倒玉瓶梅，落花流水
朔雪压翻苍径竹，带叶拖泥
李东阳联

蒲叶桃叶葡萄叶，草本木本
梅花桂花玫瑰花，春香秋香
解缙联。“葡萄”与“玫瑰”是连绵词

四口兴工造噐成，口多工少
二人抬木归来晚，人短木长
拆字联，“噐”同“器”，“来”同“来”。明朝吴文泰（上联）与好友（上联）对

行年七秩尚称童，可谓寿考
到老五经犹未熟，不愧书生
某人七十岁参加童试，有人作此联

驼背桃树倒开花，黄蜂仰采
瘦脚蓬蒿歪结子，白鹭斜视
张之洞（下联）对馆师（上联）

道童锅里煎茶，不知罐煮（观主）
和尚墙头递酒，必定私沽（师姑）
唐伯虎（上联）与陈道复（下联）对

下官拼万个头，向上司磕头
尔等把一身血，待本县绞血
某人讽刺知县联

珠海船如梭，横织波中锦绣
羊城塔似笔，倒书天上文章
清朝何淡如同友人同游珠江，友人出上联，何淡如对下联

王者命自天，谁敢化蛇当道
英雄居此地，何妨扪虱谈兵
太平天国将领陈金刚联

不嫌茅屋小，请君略坐片时
且喜华堂宽，留我何妨数日
主人（上联）对客人（下联）

有月即登台，无论春夏秋冬
是风皆入坐，不分南北东西
李渔（下联）对扬州桃花庵方丈慧远（上联）

山色壮金银，唯以不贪为宝
江流环铁石，居然众志成城
清朝一镇江知府联

孝若曾子参，只足当一字可
才如周公旦，容不得半点骄
明朝倪鸿宝联

古文人做，做诗做赋做高官
八刀心忿，忿世忿命忿穷途
某人联

七鸭浮波，数数数，三双一只
尺蛇出洞，量量量，九寸十分
黄学士（上联）与他的书僮储璀（下联）对

开关早，关关迟，放过客过关
出对易，对对难，请先生先对
某秀才为山海关出上联，后人对下联

走马灯，灯走马，灯熄马停步
飞虎旗，旗虎飞，旗卷虎藏身
王安石联

四大皆空，坐片刻，无分尔我
两头是路，吃一盏，各自东西
某人题庙联

父进士，子进士，父子皆进士
婆夫人，媳夫人，婆媳都夫人

父进士，子进士，父子皆进士
婆失夫，媳失夫，婆媳都失夫
上一联为一官家写，后一联是一秀才针对上一联作，加以嘲讽

出水蛙儿，穿绿袄，美目盼兮
落汤虾子，着红袍，鞠躬如也
解缙见田中青蛙作联

磨大口小，齿轮轮，吞粗吐细
秤直钩弯，星朗朗，知重识轻
书生（下联）与渔翁（上联）对

心有三爱：奇书、骏马、佳山水
园栽四物：青松、翠竹、白梅兰
方志敏联

三尊大佛，坐佛、坐象、坐莲花
一介书生，攀凤、攀龙、攀桂子
于谦（下联）对僧人（上联）

童子打桐子，桐子落，童子乐
麻姑吃蘑菇，蘑菇鲜，麻姑仙
蘑菇（菇）：菌类食品；麻姑：古代神话中的女仙。某人联

说一半人要说而不敢说的话
做大家伙想做而不敢做的事
革命志士曾延生撰联。曾延生曾任中共九江地委书记、赣南特委书记，后被捕牺牲

红军中官兵伕衣着薪饷一样
白军里将校尉饮食起居不同
朱德 1928 年题于江西莲花县

熟视无睹，诸君尽管贪污作弊
有口难诉，我辈何需民主自由
某聋哑学校联，讽刺国民党贪污作弊

李阳生指李树为姓，生而知之
马援死以马革裹屍，死得其所
李阳指老子，“生而指李树，因以为姓”。“死”也是“屍”的偏旁，“屍”同“尸”

囊无半卷书，唯有虞廷十六字
目空天下士，只让尼山一个人
尼山：山名，在山东，此处代指孔子。某人作联

绿竹本无心，遇节即时挨不过
黄花如有约，重阳以后待何迟
因过节时学生未送礼，某私塾先生作联

尊字若忘廉，宛比当年青面兽
大名如不保，遂成今日白花蛇
一医师叫杨葆春，字志廉。此为戏联：“保”与“葆”同音，“青面兽”和“白花蛇”是《水浒》杨志、杨春的绰号

乔女自然娇，深恶胭脂胶俏脸
止戈才是武，何劳铜铁铸镖锋
粤剧艺术家薛觉先排《乔小姐三气周瑜》这出戏，薛出上联，后人作下联

宠辱不惊，闲看庭前花开花落
去留无意，漫观天外云展云舒
出自《菜根谭》

燕子恋旧窝，秋去春来衔新草
华侨爱祖国，风沉浪浮献忠心

经忏可超生，难道阎罗怕和尚
纸钱能赎罪，居然菩萨是赃官
廖鹤年为和尚作联

吐纳珠玉声，偶意共逸韵俱发
卷舒风雪色，丽句与浓采并陈
当代文学家程千帆联

共争青岛归还，同看国贼罢黜
欢呼学生复课，庆贺商店开门
“五四”时期群众作联

陶潜善饮，易牙善烹，饮烹有度
陶侃惜寸，夏禹惜分，寸分无遗
陶潜为陶侃的曾孙，此为广州“陶陶居茶楼”联

民犹是也，国犹是也，何分南北
总而言之，统而言之，不是东西
清朝翰林王闿讽袁世凯联

井底孤蛙，小地小天，自高自大
厕中顽石，不中不正，又臭又顽
嵌字联，讽刺蒋介石（字中正），某人作联

水冷酒，一点水，二点水，三点水
丁香花，百字头，千字头，萬字头
“萬”为“万”的繁体字。某人联

东墙倒，西墙倒，窥见室家之好
前巷深，后巷深，不闻车马之音
朱熹赠友作此联

南通州北通州南北通州通南北
东当铺西当铺东西当铺当东西
南通州指江苏南通一带，北通州指北京市通州区一带。乾隆下江南经过南通，出上联，一太监对下联

壮志难磨，尚欲乘长风破万里浪
闲情自遣，不妨处南海弄明月珠
黄遵宪题画舫

吾之修书，亦可云猢狲入布袋矣
君于仕宦，又何异鲇鱼上竹竿耶
梅尧臣（上联）与妻子（下联）对

卖国求荣，早知曹瞒遗种碑无字
倾心媚外，不期章惇余孽死有头
“五四”时期，学生作联，讽刺曹汝霖、章宗祥卖国

杜诗汉名士，非唐朝杜甫之杜诗
孟子吴淑姬，岂邹国孟轲之孟子
穷秀才（下联）对明代官吏李梦阳（上联）。“杜诗”指东汉发明水力鼓风机名士

一岁二春双八月，人间两度春秋
六旬花甲再周天，世上重逢甲子
王安石上联，清朝某人对下联

巍巍肝胆女儿，有志复仇能动石
堂堂须眉男子，无人倡议敢排金
秋瑾题“动石夫人庙”（典故：金兵南下，山上乱石如下雨，有人认为是“动石夫人”在指挥）

五十六朵花开，五光十色六合春
一千万匹马奔，一日千里万山越
上联是2011年中央电视台春节联欢晚会上的征联，下联是作者所对

贾席珍失去宝贝珍珠，方为西席
陈家颜割落耳朵颜面，才是东家

贾席珍为陈家颜的私塾先生作联

天事理中枢，军将军兵，巡分内外
朝威严八法，女婆女娣，查究奸邪

太平军女巡查房题联

半间茅屋栖身，站由我，坐亦由我
两根萝卜度日，饭是它，菜也是它

吴鳌作联自勉

妖道恶僧，三令牌，击退风云雷雨
贪官污吏，九叩首，拜出日月星辰

明朝苏州旱灾，地方官吏阴天求雨，后万里晴空，某人作联

弄子弄狮，一副假头发，难充真兽
画工画猴，这等无心腹，枉作生猿

新婚之夜，生员（秀才）来闹洞房（上联），新娘出下联

洛阳桥，桥上荞，风吹荞动桥未动
鹦鹉洲，洲下舟，水使舟流洲不流

张之洞（下联）对主考官（上联）

天上星，地下薪，人中心，字义各别
云间雁，檐前燕，篱边鹞，物类相同

王彝联

左为难，右为难，左右为难难左右
东求学，西求学，东西求学学东西
前借鉴，后借鉴，前后借鉴鉴前后
左相帮，右相帮，左右相帮帮左右
前相助，后相助，前后相助助前后
上求兴，下求兴，上下求兴兴上下
上亦能，下亦能，上下亦能能上下

上求索，下求索，上下求索索上下
上为师，下为师，上下为师师上下
上求知，下求知，上下求知知上下
上要靠，下要靠，上下要靠靠上下

《青年报》征联

王司马，王观察，王廉访，连升三级
一条弄，一只船，一坑粪，遗臭万年

清朝某人中举后从司马升至观察，又升至廉访使，后人作联

元宵不见月，点几盏灯为河山生色
惊蛰未闻雷，击数声鼓代天地宣威

闵鄂元（下联）对幕僚（上联）

红芋包谷蔸根火，这种福老夫所享
齐家治国平天下，那些事小子为之

清朝陶澍为榨油场作联

夫人莫抹摩登红，谨防特务打主意
老爷不要刮胡子，免得保长拉壮丁

此联讽刺国民党横行霸道

密云不雨旱三河，虽玉田也难丰润
怀柔有道皆遵化，知顺义便是良乡

嵌字联，嵌入北京城区附近八个地名

世外人法无定法，然后知非法法也
天下事了犹未了，何妨以不了了之

出自电影《迟到的春天》

提篮隔栏采兰草，却被烂衣郎拦住
提笔题壁画碧桃，多怪瘪嘴婆逼迫

某人出上联，唐伯虎对下联

秋中赏月对高楼，月对高楼酒上游
游上酒楼高对月，楼高对月赏中秋

某人作回文联

三个铜钱贺喜，嫌少勿收，收则爱财

两间茅屋待客，怕穷莫来，来者好吃

乾隆（上联）看到一农家办喜事，叫侍从送铜钱，农家小孩对下联

两船并行，橹速（鲁肃）不如帆快（樊哙）

八音齐奏，笛清（狄青）难比箫和（萧何）

陈洽（下联）与父亲（上联）对

朝霞似锦，暮霞似锦，东川锦，西川锦

新月如弓，残月如弓，上弦弓，下弦弓

施槃（下联）巧对张都宪（上联）

闲话扬州，引起扬州闲话，易君左矣

国府主席，何尝主席国府，林子超然

易君左，扬州文人，“易君左矣”可读成“易君，左矣”。林子超（林森）当过中华民国国民政府主席，“林子超然”可读成“林子，超然”

上文章，下文章，文章桥上晒文章

前黄昏，后黄昏，黄昏渡前遇黄昏

文昌桥上，秀才赤身露体，斯文丧尽

黄昏渡前，府尊搜肠刮肚，脸面无光

上两联为明朝陈际春（下联）与知府（上联）对

握一双拳，打尽天下英雄，谁敢还手

持三寸铁，削平大清世界，无不低头

辛亥革命时期某人作联

东楼三，西楼四，更鼓朦胧，朦胧更鼓

南斗六，北斗七，诸星灿烂，灿烂诸星

友人（上联）见更夫喝酒误打更而出联，曹宗对

为名忙，为利忙，忙里偷闲，饮杯茶去

劳心苦，劳力苦，苦中作乐，拿壶酒来

欧阳修（下联）对某人（上联）

蔺相如，司马相如，名相如，实不相如
魏无忌，长孙无忌，尔无忌，吾亦无忌

明朝文学家李梦阳任督学，发现一后生与他同名，因此李出上联，后生对下联

思贤桥，桥上思贤，德高刺史名留古
琵琶亭，亭下琵琶，情多司马泪沾襟

黄庭坚联

乌须铁爪紫金龙，驾祥云出碧波洞口
赤耳银牙白玉兔，望明月卧青草池中

某人联

玉帝行兵，雷鼓云旗，雨箭风刀天作阵
龙皇夜宴，星灯月烛，山肴海酒地为盆

某人联

一点一滴，点点滴滴，点滴竟汇成洪流
一分一秒，分分秒秒，分秒必争办大事

某人联

披一品衣，抱九仙骨，狂生无礼称愚弟
行千里路，读万卷书，侠士有志傲王侯

梁启超（下联）去武昌讲学，投名片给张之洞（上联），作此联

天命诛妖，杀尽群妖，万里河山归化日
王赫斯怒，勃然一怒，六军甲胄逞威风

洪秀全府联

科场舞弊，皆有常刑，告小人毋撄法网
平生关节，不通一字，诫诸生勿听浮言

清朝姚文田任督学，考试时作联，喻纪律

处处通途，何去何从？求两餐，分清邪正
头头是道，谁宾谁主？吃一碗，各自东西

广州市近郊有交通要道"三眼桥"，某人为此要道作联

铁面无私，凡涉科场，亲戚年家须谅我
镜心普照，但凭文字，平奇浓淡不冤渠

清朝大学士朱珪贴联自勉

白发萧然，看他人儿女夫妻，千般恩爱
黄金尽矣，数此日油盐酱醋，百计安排

清朝某年老贫穷教书先生的作联

天上月圆，人间月半，月月月圆逢月半
今夕年尾，明朝年头，年年年尾接年头

某人联

人，顶天立地，走南闯北，当知为谁操心
心，牵肠挂肚，思前想后，深省如何做人

某人联

东启明，西长庚，南箕北斗，朕乃摘星汉
春牡丹，夏芍药，秋菊冬梅，臣是探花郎

清朝江西刘凤皓（下联）独眼考取进士与乾隆（上联）对

修竹千竿，横拖直扫，扫金扫银扫国币
一轩一角，日煮夜烹，烹鱼烹肉烹民膏

嵌字联，1942年，刘竹轩任国民党饶平县县长，无恶不作，人称“老竹头”。某人联

二猿断木深山中，小猴子也敢对锯（句）
一马陷足污泥内，老畜牲怎能出蹄（题）

解缙（下联）对权臣（上联）

弓长张张弓张弓手张弓射箭箭箭皆中
木子李李木李木匠李木雕弓弓弓难开

某人联

本非正人，装着雷公模样，却少三分面目
惯开私卯，会打银子主意，绝无一点良心

某人联

唐代论诗人，李杜以还，唯有几篇新乐府
苏州怀刺史，湖山之曲，尚留三亩旧祠堂

苏州“白云祠”为白居易所建，白居易曾任苏州刺史。某人作联

坐卧一楼间，因病得闲，如此散才天或恕
结交千载上，过时为学，庶几秉烛老犹明

林则徐自勉联

大鱼吃小鱼，小鱼吃虾，虾吃泥，泥干水尽
朝廷刮州府，州府刮县，县刮民，民穷国危

某人作联嘲讽旧社会的苛捐杂税

天高云淡，喜看雏鹰，有路展翅能飞万里
宇内尘清，景仰老骥，无私育才跃上九嶷

八旬教授乐天宇创办九嶷山学院，一位老师送此联

楼上是仓，楼下也是仓，双季丰收，仓顶仓
老爹是人，老娘也是人，农忙时节，人帮人
猪肉是菜，猪肝也是菜，烧红锅子，菜炒菜
草灰是肥，草子也是肥，交施草子，肥养肥
机前是人，机后也是人，开动机器，人赛人

湖南农民抢收晚稻联

历书十二页，页页有时节，节分春夏秋冬
宝塔有七层，层层都有门，门分东西南北

戴灵联

四面灯，单层纸，辉辉煌煌，照遍东西南北
一年学，八吊钱，辛辛苦苦，历尽春夏秋冬

郑板桥（上联）对一先生（下联）联

扒、扒、扒、扒、扒、扒、扒、扒、扒，扒到龙门三级浪
唱、唱、唱、唱、唱、唱、唱、唱、唱，唱出仙姬七姐词

清朝何淡如为戏棚作联，看扒龙船

洞庭八百里，波滔滔浪滚滚，宗师由何而来
巫山十二峰，云重重雾霭霭，本院从天而降

周渔璜（下联），贵州人，至杭州任主考，对某人（上联）联

寸土为寺，寺旁言诗，诗曰“明月送僧归古寺”
双木成林，林下示禁，禁云“斧斤以时入山林”

拆字联，“寺”为“土寸”；“禁”为“林示”

上句为老，下句为考，考老童生，童生考到老
一人成大，二人成天，天大人情，人情大似天

江苏盐城县令以人情为重，有人讽刺作联

我也曾为冤枉，痛入心来，敢糊涂忘了当日
汝不必逞机谋，争个胜去，看终久害着自己

吕璜题联戒糊涂（幼年时家曾遭冤案）

有志者事竟成，破釜沉舟，百二秦关终属楚
苦心人天不负，卧薪尝胆，三千越甲可吞吴

蒲松龄题联自勉

翼德威明，鄙阿瞒如小儿，能视豫州如骨肉
王陵忠义，弃项羽似敝屣，独知刘季是英雄

石达开府联

内无相，外无将，不得已衣帛相将，将来怎样
天难度，地难量，这也是帝王度量，量也无妨

《马关条约》签订后，时人以伊藤博文和李鸿章的口吻作联

卯金顺写是刘（劉），刘将军镇守台湾，应赐永福
子木逆书为李，李傅相出卖祖国，当罪鸿章

李鸿章签订《马关条约》引起义愤，某人联

天下名山僧占多，也该留一二奇峰，栖吾道友
世间好语佛说尽，谁识得五千妙谛，出我先师

李渔题联为道观几乎被僧侣占去而鸣不平

禁烟总局，警察分局，设此二骗局，小民如何了局
督民贡生，警佐监生，有这两畜牲，大家安得聊生

某人讽刺两个警佐出身的监生禁烟

君不见，厚镜片，一圈又一圈，迫在眉睫，于己不便
尔可知，近视眼，一个又一个，目光短浅，对国有害

叹老夫半世辛勤，藏书万卷，读书千卷，著书百卷
看小孙连番侥幸，县试第一，会试第二，殿试第三

俞樾自撰联

吃苦是良图，做苦事，用苦心，费苦劲，苦境终成乐境
偷闲非善策，说闲话，好闲游，做闲事，闲人就是废人

“四一二”政变后共产党员李甲秾作联

因怕如此，所以如此，仍旧如此，何必如此，直免如此
本置僧正，欲要僧正，既不僧正，怎用僧正，使僧自正

上联说某贵族子弟花钱捐生，无法应付考试，下联说一个叫“僧正”的僧人管理僧人

坚持抗战，坚持团结，坚持进步，边区是民主根据地
反对投降，反对分裂，反对倒退，人民有救国自由权

毛泽东题延安新市场联

地临齐鲁大区，愿诸生绍述儒林，广为上都培杞梓
客是江淮男子，笑十载驰驱幕府，又来东海看涛山

清末状元张謇（江苏南通人）联

大箩是箩，小箩也是箩，小箩装进大箩里，两箩合一箩
棺才（材）是才，秀才也是才，秀才装进棺才里，两才合一才

秀才（上联）与农夫（下联）对

梳妆楼头，痴眼依依，痴情依依，有心取媚君子君不恋
延支山上，落木萧萧，落花萧萧，无缘省识春风春难留

黄庭坚（下联）对友人（上联）

龙不吟，虎不啸，花不闻香鸟不叫，看见童子可笑可笑(墙上画)
车无轮，马无缰，炮无烟火马无粮，唤醒将军提防提防(象棋)

某人作联

得一官不荣，失一官不辱，勿道一官无用，地方全靠一官
穿百姓之衣，吃百姓之饭，莫以百姓可欺，自己也是百姓

清初浙江嘉兴内乡知县高以永作联。作者撰写本联时，适逢战乱，经济萧条，百姓背井离乡，高以永感到责任重大，写下此联

生产产诗歌，诗歌歌生产，热带作物区里作诗，诗情最热
劳动动教研，教研研劳动，红旗照耀光中施教，教益通红

1962年，诗人萧三到海南岛作物研究院参观，作上联，郭沫若对下联

是南来第一雄关，只是天在上头，许壮士生还，将军夜渡
作西蜀千年屏障，会当登临绝顶，看滇池月小，黔岭云低

蔡锷统率护法军讨伐袁世凯时作联，袁世凯渡赤水，进古蔺山关

四水江第一，四时夏第二，先生居江夏，谁是第一，谁是第二
三教儒在先，三才人在后，小子本儒人，何敢在前，何敢在后

张之洞(上联)与梁启超(下联)对

无端鼓角齐鸣，插雉尾，着龙袍，称霸称王，试问风光能几日
不觉鬼魔现象，假头盔，戴面具，非牛非马，焉知世上少斯人

某同盟会会员讽刺韦士元、冯泮球上任镇团总时演戏，作此联

混之为用大矣哉，大吃大喝，大摇大摆，命大福大，大到院长
球的本能滚而已，滚来滚去，滚入滚出，东滚西滚，滚进棺材

湖南军阀谭延闿一生以“混”见称，死后有人作此联

左舜生姓左不左，易君左名左不左，二君胡适，其于右任乎
梅兰芳伶梅之梅，陈玉梅影梅之梅，双玉涂来，是言菊朋也

某人为著名京剧演员梅兰芳而作联

猪公狗公，公然同理事，公心何在，公道何存，似此无公益闾里
是局非局，局出许多钱，局内者甘，局外者苦，何时了局颂升平

讽刺旧时的“公局”

黑不是，白不是，红黄更不是，和狐狼猫狗仿佛，既非家畜，又非野兽
诗也有，词也有，《论语》上也有，对东西南北模糊，虽是短品，却是妙文
上联暗寓“青”，和反犬旁合起来为“猜”；下联共有言字旁，“东西南北模糊”扣“谜”，合起来是“猜谜”

南南北北，文文武武，争争斗斗，时时杀杀砍砍，搜搜刮刮，看看干干净净
户户家家，女女男男，孤孤寡寡，处处惊惊慌慌，哭哭啼啼，真是惨惨凄凄
某人联

一孤舟，二客商，三四五六水手，扯起七八页风篷，下九江，还有十里
十里运，九里香，“八七六五”号轮，虽走四三年旧道，只二日，胜似一年
上联一船夫出，下联一装修工对。九里香：一种木料。此联意为以前要花一年时间运到，现在只要两天

定安全之策，坐镇琼山，开乐会以会同官，统府州县群僚，独临高位
澄迈往之怀，清扬陵水，佐文昌而昌化理，合万儋崖诸邑，共感恩波
嵌字联，嵌入琼州所属十三府县名称，包括定安、琼山、乐会、会同等

除恶铲毒，四条害虫同命运，痛恨这几个国贼朝奸，遗臭万年人人骂
吐气扬眉，八亿军民共欢乐，缅怀老一辈功臣良将，留芳百世处处歌
某人批判“四人帮”联

马上得之，府上治之，造亿万年太平天国于弓刀锋镝之间，斯为健者
东面而征，西面而伐，救出一省无罪良民于水火倒悬之会，是曰斯人
太平天国时李秀成作寝殿联

大人、大人、大大人，大人一品高升，升到三十六天官，与玉皇大帝盖瓦
卑职、卑职、卑卑职，卑职万分该死，死落十八层地狱，为阎罗老子挖煤
某人讽刺一般官吏联

收二川，排八阵，六出七擒，五丈原前，点四十九盏明灯，一心只为酬三顾
取西蜀，定南蛮，东和北拒，中军帐里，变金木土草爻卦，水面偏能用火攻
某人作联概括诸葛亮一生

桂省府数次搬迁，宜山不宜，都安不安，百色百变，从此凌云直上，安居乐业
四战区再度撤退，向华失向，夏威失威，云沐云散，盼望龙光返照，气煞健生
某人作联讽刺国民党广西区政府多次迁移，后迁至四川乐山。夏威：将领。健生：白崇禧

晋缙诸公，龟公马公牛公，公然公办，公道何存？公心何在，终日借公图利己
治安总局，左局右局中局，局了又局，局内在甘，局外者苦，何日结局颂升平

某人讽伪公局联

尽敲诈假充公用，遍设关税、卡税、田税、屋税、丁头税，税到民不聊生将腹税
竭搜罗大饱私囊，勤抽盐捐、米捐、猪捐、柴捐、屎尿捐，捐得人无活路把躯捐

某人作联讽刺国民党税多

见州县则吐气见藩臬则低眉，见督抚大人茶话须臾只解说几个"是！是！是！"

有差没为爪牙有书吏为羽翼，有地方绅董袖金贿赠不觉得笑一声"呵！呵！呵！"

某人讽刺知府知县联

宝坊阅千载常新，楼阁喜重开依旧前台花发，清夜钟闻东涧水流南山云起
胜境数西湖第一，林泉称极美试看驰岘风高，鹫峰石峙龙泓月印猿洞苔斑

某人为西湖作联

尔小子整整齐齐，或束带或抹粉或涂脂，三千人巧作嫦娥，好似西施同进城
这老瞎颠颠倒倒，不论文不通情不达理，十八省几多学士，如何东粤独来徐

广东某姓徐的学政，不讲文才，以长相美人选。某人联

沧海日，赤城霞，峨眉雪，巫峡云，洞庭月，彭蠡烟，潇湘雨，扬子涛，庐山瀑布，合宇宙齐观绘我斋壁

少陵诗，摩诘画，丘明文，马迁史，薛涛笺，右军帖，南华经，相如赋，屈子离骚，搜古今绝艺置吾轩窗

金陵李生联

回忆去岁饥荒，五六七月间，柴米尽焦枯，贫无一寸铁，赊不得，欠不得，虽有近戚远亲，谁肯雪中送炭

侥幸今朝科举，一二三场内，文章皆合成，中了五经魁，名也香，姓也香，不拘张三李四，都为锦上添花

某举人感于人情冷暖、世态炎凉而作联

苍莽石头，长虹横贯，浪淘尽，三国风流，六朝金粉，二陵烟月，半壁旌旗，况虎踞春残，寂寞明封余故垒，龙蟠叶老，萧条洪殿锁斜阳，初解放时，只剩得江山清清，秦淮冷冷

东南学府，赤骥飞驰，名奕留，两江情采，四壁弦歌，八十年华，千秋事业，欣栖霞日暖，郁茫天堑变通途，浦口潮新，百万雄师夜渡江，本世纪末，定赢来人材济济，科教芃芃

郭影秋贺南京大学八十周年校庆联

今日之东，明日之西，青山叠叠，碧水悠悠，走不尽粤岭秦关，填不满心潭欲壑，智兮曹操，力兮项羽，赤壁乌江空自刎，忙什么？请君静坐片时，思前想后，得安闲处且安闲，留些奔波过明旦

这条路来，那条路去，岁月茫茫，人生杳杳，留不住苍颜白发，带不去紫玉黄金，贵如李靖，富如石崇，绿珠红拂今何在，悭怎的？与我好酒数壶，猜三道四，须畅饮时应畅饮，一出阳关无故人

乾隆皇帝题某旅馆联

名胜楹联

夫妇是前缘，善缘恶缘，无缘不合
儿女原宿债，讨债还债，有债方来

杭州城隍庙联

笑古笑今，笑东笑西笑南笑北，笑来笑去，笑自己原来无知无识
观事观物，观天观地观日观月，观上观下，观他人总是有高有低

乐山凌云寺联

念念不离心，要念而无念，无念而念，始算得打成一片
佛佛原同道，知佛亦非佛，非佛亦佛，即此是坐断十方

应县净土寺联

大千世界，弥勒笑来闲放眼
不二法门，济颠醉去猛回头

枣庄龙泉寺联

此处既非灵山，毕竟什么世界
其中如无活佛，何用这样庄严

张大千题绍兴戒珠寺联

一觉睡西天，谁知梦里乾坤大
只身眠净土，只道其中日月长

张掖大佛寺联

笑到几时方合口
坐来无日不开怀

济南千佛寺联

峰峦或再有飞来，坐山门老等
泉水已渐生暖意，放笑脸相迎

杭州灵隐寺联

净土莲花，一花一佛一世界
牟尼珠献，三摩三藐三菩提

台湾台中慈善寺大雄宝殿联

大慈大悲，到处寻声救苦
若隐若显，随时念彼消怨

潮州开元寺观音阁联

大肚能容天下难容之事
开颜便笑世间可笑之人

北京潭柘寺弥勒殿联

大肚包容，了却人间多少事
满腔欢喜，笑开天下古今愁

凤阳龙兴寺、台中宝觉寺联

站着！你背地做些什么？好大胆还来瞒我
想下！俺这里轻饶哪个？快回头莫去害人

贵阳城隍庙联

一苇渡江，达源溯六祖
九年面壁，妙理悟三乘

河南少林寺面壁洞联

清华真佛地
庄严古洞天

安徽九华山华严洞联

修德种因法身圆妙
水清月现玉盖尊严

台湾彰化修水岩联

山静尘清，水参如是观
天高云浮，月喻本来心

河北承德水月庵联

紫气东来，海上犹传天乐近
云霞西涌，人间长见法轮新

台湾台中紫云岩联

湖畔显灵，大士婆心，济拔三途苦
山前圣景，莲瓣九品，广渡诸有情

台湾云林湖山岩联

见见见，非见非见，见非见
闻闻闻，不闻不闻，闻不闻

湖北房县凤凰山观音洞联

翠翠殷殷，处处花花果果
风风雨雨，年年暮暮朝朝

福州西禅寺联

双双玉井，碧澄冷浸千秋月
六六玄峰，翠耸光连万壑云

河南少林寺西坊联

学生被捕神流泪
贼奸窃国鬼兴愁

“五四”运动时期某寺门前联

只有几文钱，你也求，他也求，给谁是好
不做半点事，朝又拜，夕又拜，教我为难

某财神庙联

泉自几时冷起
峰从何处飞来

《春在堂随笔》灵隐冷泉亭联

望江楼下望江流，江楼千古，江流千古
赛诗台上赛诗才，诗台绝世，诗才绝世

唐朝诗人薛涛故居，成都望江楼联

翠阁我迎宾，数不尽，甘脆肥浓，色香清雅
园庭花胜锦，祝一杯，富强康乐，山海腾欢

广州翠园酒楼联

万树梅花一潭水
四时烟雨半山云

云南黑龙潭联

翠翠红红，处处莺莺燕燕
风风雨雨，年年暮暮朝朝

西湖花神庙联

水水山山，处处明明秀秀
晴晴雨雨，时时好好奇奇

杭州西湖中山公园叠字亭联

品泉茶三口白水
竺仙庵二个山人

西湖天竺顶竺仙庵联

无锡锡山山无锡
平湖湖水水平湖

浙江平湖联

我若有灵，也不至灰土处处堆，筋骨块块落
汝休妄想，须知道勤俭般般有，懒惰件件无

某庙宇(菩萨自叹)联

日日携空布袋，少米无钱，却剩得大肚宽肠，不知众檀越信心时，用何物供养
年年坐冷山门，接张待李，总见他欢天喜地，请问这头陀得意处，是什么来由

福州鼓山涌泉寺山门弥勒座题联

湖山旧是儿女家，稽首慈云，愿佳丽尽生西土
图画今留元老像，翻身苦海，看英雄竟付东流

杭州“观音图”联

一幅湖山来眼底
万家忧乐注心头

云南滇池太华寺联

枫叶荻花秋瑟瑟
闲云潭影日悠悠

上联取自白居易《琵琶行》，下联取自王勃《滕王阁序》的句子。江西百花洲远景“琵琶亭”，近景“滕王阁”

上帝本好生，求我与以儿女，不求我亦与以儿女
下民须自爱，为善报在子孙，为不善亦报在子孙

杭州送子观音庙联

珠玉九天元音谐乐律
笙簧六籍太室饫谟觞

北京颐和园颐乐殿联

日本东出，光芒照射中原大地
佛祖西来，神灵普渡北海浮世

某庙宇。北海：指北海道文化，引申为日本浮世文化

写鬼写妖高人一等
刺贪刺虐入骨三分

郭沫若题蒲松龄故居联

山墅深藏，峰高树古
湖亭遥对，桥曲波皱

上海豫园联

大江东去，浪淘尽，千古英雄，问楼外青山，山外白云，何处是唐宫汉阙

小苑西回，莺唤起，一庭佳丽，看池边绿树，树边红雨，此日有舜日尧天

南京瞻园联

俯首可望峰和月
抬头反见洞穴深

雁荡山灵峰东石梁联

碧水凝青涧
奇峰插白云

雁荡山观音洞联

雁荡风景闻天下
五洲侨胞寄铭心

雁荡山临碧亭(侨胞资助)联

名山有幸埋忠骨
胜地逢墓色倍增

雁荡山敬仰亭烈士墓联

谁把一帆挂？日悬夜不收
风行云作线，天地一孤舟

雁荡山一帆峰联

一帆拔地起
有水从天来

康有为题雁荡山一帆峰联

烈士们的革命意志如天柱巨峰，巍然屹立

烈士们的英雄气概若龙湫飞瀑，万古长流

雁荡山烈士墓联

千秋怀抱三杯酒
万里云上一水楼

昆明大观楼联

青山横郭，白水绕城，孤屿大江双塔院

春日芙蓉，晚风杨柳，一楼千古两诗人

浙江温州江心屿岛上浩然楼联

犹留正气参天地
永留丹心照古今

浙江温州江心屿上文天祥祠庙联

世外凭临一面峰峦三面海
云中结构二分人力几分天

江苏海州云台山寺联

云喷笔花腾虎豹
风翻墨浪走蛟龙

英雄尚毅力
志士多苦心

上两联为秋瑾故居联

数尺地，五湖四海
几更地，三朝六代

浙江诸暨“枫桥会馆”，周总理曾在此演讲，听众甚多，某人联

史笔炳丹书，真耶非耶？莫问那十二金牌，七百年志士仁人，更何等悲歌泣血

墓门萋碧书，是也非也？看跪此一双顽铁，亿万世奸臣贼妇，受几多恶报阴谋

杭州岳王庙联

湖滨石亭读书经

泉边青山伴回音

杭州西湖放鹤亭联

似洞非洞造成仙洞

无门有门是为佛门

青田石门洞联

山外皆山，峦岫绕成清净界

画中有画，笙歌谱就太平图

西湖孤山中心公园(原为清代圣恩寺)联

飞峰一动不如一静

念佛求神不如求己

杭州飞来峰冷泉亭联

万顷湖平长似镜

四时月好最宜秋

佳景四时，最好秋光何况月

静观万物，欲平天下有如湖

上两联为杭州西湖“平湖秋月”联

台榭漫芳塘，柳浪莲房，曲曲层层皆入画

烟霞笼别墅，莺歌蛙鼓，晴晴雨雨总宜人

一片清光浮水国

十分明月到湖心

上两联为杭州西湖三岛联

四大空中，独留云住

一峰缺处，还看潮来

一角夕阳藏古洞

四周翠岚接遥村

倘他日蜡屐重来，须记取山中松经

携一片白云归去，莫错认世外桃源

上三联为杭州烟霞洞联

世无遗草真能隐

山有梅花转不孤

林则徐题杭州孤山放鹤亭联

明月自来去

空潭无古今

绕廊荷花三十里

拂城杨柳一千棵

记故乡亦有仙潭，看一样湖光，添得石桥长九曲

到此地宜邀明月，问谁家秋思，吹来玉笛到三更

上三联为杭州西湖“三潭映月”联

峰从何处飞来，历历汉阳，正是断魂迷楚雨

我欲乘风归去，茫茫禹迹，可能留命待桑阳

庐山汉阳峰联

欲把西湖比西子
从来佳茗似佳人
杭州藕香居茶室联

四壁云山九江棹
一亭烟雨万壑松

故从此处寻踪迹
更有何人告太平
上两联为庐山仙人洞联

鹿豕与游，物我相忘之地
泉峰交映，智仁独特之天
庐山白鹿洞书院是唐代李渤读书养鹿之地。宋代朱熹联

烟似彩云，秀色演戏庐岭景
水如明镜，清光照彻浔阳城
庐山烟水亭联。烟水亭相传为三国周瑜点将台，亭名取自“山光水色薄笼烟”之意

脱身依旧仙归去
撒手还将月放回
安徽采石矶太白楼联

翁去八百载，醉乡犹在
山行六七里，亭影不孤
安徽滁县醉翁亭联

照耀千秋，念当年铁面冰心，建说言不希后福
闻风百世，至今日妇人孺子，颂清官只有先生
合肥包公祠联

地占百弯多是水
楼无一面不当山
济南大明湖联

一上高楼，缅当年江汉风流，多少千秋人物
双持使节，喜此日荆衡形势，纵横万里金汤
武昌黄鹤楼联

志在高山，志在流水
一客荷樵，一客弹琴
武汉古琴台联

八百里湖光，飞来眼底
十万家忧乐，涌上心头
湖南岳阳楼联

千秋冤案莫须有
百战忠魂归去来
岳飞墓联

神仙有无何渺茫
桃源之说诚荒唐
湖南桃花源，唐朝韩愈联

清风有意难容我
明月无心自照人

六经责我开生面
七尺从天乞活埋
上两联写湖南王船山（王夫之）的故居，自撰联

蓬头垢面跪阶下，想想当年宰相
端冕垂旒临座上，看看今日将军
河南汤阴岳王（岳飞）庙

拔地擎天，四面云山拱一柱
乘风步月，万家烟火接云霄

俯瞩桑乾，滚滚波涛萦似带
遥临恒庙，苍苍岫嶂屹如屏

上两联指山西应县木塔，八角九层，高六十七米，某人联

生死一知己
存亡两妇人

山西霍县韩信墓联。知己：指萧何；两妇人：指漂母、吕后

昼夜不舍
天地同流

山西太原晋祠难老泉亭

鸳瓦贴云宵，俯挹明星兼玉女
虎贲卧庭庑，犹强周柏与秦松

陕西华山华岳庙联，清朝梁章钜作

视之若醒
呼之则寝

甘肃张掖宏仁寺联，寺内有中国最大的释迦牟尼卧像

直与峨眉争秀才
要从灌口觅源头

千年雪岭栏边出
万里云涛座上浮

上两联为四川乐山的离堆（乌龙山）联

恩波浩淼连三楚
惠泽膏流润九垓

四川大渡河、青衣江、岷江三水在乐山山下会合，某人联

雄关高阁壮英风，捧出热心，披开大胆
剩水残山余落日，虚怀壮志，空寄当归

四川剑阁姜维祠联（姜维母寄药当归，要他回家，姜维寄远志药回）

人从宋后少名桧
我到坟前愧姓秦

秦桧后代为秦桧夫妇跪像作嵌字联

栽竹栽松，竹隐凤凰松隐鹤
培山培水，山藏虎豹水藏龙

扫来竹叶烹茶叶
劈碎松根煮菜根

上两联为四川灌县青城山天师洞联

登临莫畏苦
小憩自然凉

幽路原无雨
空翠湿人衣

上两联为青城山的小亭联

万里桥西宅
百花潭北庄

吏情更觉沧州远
诗卷长留天地间

上两联为成都杜甫草堂联，清朝吴棠作

望重南阳，想当年羽扇纶巾，忠贞扶季汉
泽周西蜀，爱此地浣花濯锦，香火拥灵祠

成都武侯祠联

华岳三峰凭槛立
黄河九曲抱关来

陕西潼关城楼联

地有千秋，南来寻丞相祠堂，一样大名垂宇宙
桥通万里，东去问襄阳耆旧，几人相忆在江楼

成都杜甫草堂联，清朝沈葆桢作

风月无边，遥望秦川八百里
江山如画，古称天府第一湖

四川新都桂湖联

寺门高开洞庭野
苍崖半入云涛堆

四川乐山乌龙寺联

海上生明月
心中有白云

广州白云寺，峰顶常有白云飘绕，某人联

客游图画里
人语云水间

广东肇庆鼎湖山联

到此处才进一步
愿诸君勿废半途

广东肇庆半山亭联

桥跨虎溪，三教三源流，三人三笑语
莲开僧舍，一花一世界，一叶一如来

杭州虎丘三笑亭联

青山有幸埋忠骨
白铁无辜铸佞臣

岳飞坟前联

到清凉境
生欢喜心

桂林叠彩山联

曾经沧海难为水
欲上高楼且泊舟

昆明大观楼联

石中碧玉环中出
人在青莲瓣里行

银汉浮空星过水
玉虹抱雨雁横秋

贵阳甲秀楼联

前路赤炎炎日，试问能行几步
这里凉飕飕风，何妨暂住片刻

写洛阳古道的路亭，某人联

南北赏江湖，潮落潮生终不息
东西达城市，人来人往为何忙

带水绕长堤，凭栏眺望鸥乡远
石梁横古渡，隔岸通行驿路平

上两联为江苏江都大桥镇白塔河上永济桥（石拱桥）联

隔岸眺仙踪，问楼头黄鹤、天涯白云，可被大江留住

绕栏寻胜迹，看树外烟波、洲边芳草，都凭杰阁收来

南昌滕王阁联

大宋汉山河，气势长存威海内

富豪王府第，声名远播震城中

重重叠叠山，高高下下树

曲曲弯弯路，东东丁丁泉

上两联为清代俞曲园联

芳池月映

故宅风存

陕西蔡伦墓祠

世上疮痍，诗中圣手

民间疾苦，笔底波澜

郭沫若题成都杜甫草堂联

双峰隐隐七层四面八方

孤掌摇摇五指三长两短

杭州西湖雷峰塔联

近四旁惟中央统泰华恒衡四塞关河拱神岳

历九朝为都会包伊瀍洛涧三台风雨作嵩山

河南嵩山联

春风阆苑三千客

明月扬州第一楼

扬州迎月楼联

烟雨楼台，革命萌生，此间曾着星星火

风云世界，逢春蛰起，到处皆闻殷殷雷

董必武题南湖纪念馆联

欲挽春光，两岸杨柳青袅袅

能消夏暑，一湖莲叶绿田田

某人题南京莫愁湖联

观音阁上关观音，关他则甚？

状元坊下撞状元，撞我何来？

“关”“观”与“撞”“状”同音相对，观音阁：地名。上联某人出。明朝状元杨升庵的下属骑马撞到坊柱上，于是写出下联

心远天地宽，把酒凭栏，听玉笛梅花，此时落否？

我辞江汉去，推窗寄慨，问仙人黄鹤，何日归来？

彭玉麟咏黄鹤楼联

大屋不画龙蛇，诗名士来题咏者

今世复多蛟龙，愿将军出除斩之

江苏宜兴周处庙联。周处改邪归正后，建功立业，封为将军

天上有池能作雨

人间无地不逢年

庐山天池联

爽气西来，云雾扫开天地暗

大江东去，波涛洗尽古今愁

苏东坡题黄鹤楼联

北涧生潮朝至暮

青山如画古犹今

朱熹题福州西禅寺联

放鹤去寻三岛客
任人来看四时花

袁枚题随园(其本人的书斋)联

爱国爱民,玉树芝兰佳子弟
春风春雨,朱楼画栋好家居

孙中山为梅县松口同盟会会员谢逸桥“爱春楼”题联

三顾频烦天下计
一番晤对古今情

董必武题成都武侯祠联

志见出师表
好为梁父吟

郭沫若题成都武侯祠联

酌酒花间,磨针石上
倚剑天下,挂弓扶桑

郭沫若题李白纪念馆联

开辟荆榛,千秋功业
驱除荷虏,一代英雄

郭沫若题厦门郑成功纪念馆联

风声雨声读书声声声入耳
家事国事天下事事事关心

顾宪成题无锡东林书院联

书中岂有黄金屋
海上长存天一楼

胡乔木题宁波天一阁藏书楼联

观瞻气象耀民魂,喜今朝祠宇重开,老柏千寻招慧眼
收拾山河酬壮志,看此日神州奋起,新程万里驾长车

赵朴初题杭州岳飞墓联

龙游凤舞中天瑞
风和日丽大地春

北京故宫联

玉宇琼楼天上下
方壶园峤水中央

北京中南海金鳌玉炼桥联

金石文章空八代
江山姓氏著千秋

陕西韩愈祠联

一门父子三词客
千古文章八大家

眉山三苏祠联

读史数千言,秋天一鹄先生骨
草堂三五里,春水群鸥野老心

成都杜甫草堂联

杜陵笔落伤豺虎
爱国孤悰薄斗牛

叶剑英为成都杜甫草堂题联

韬略终须建新国
奋飞还得读良书

郭沫若为邹韬奋图书馆作嵌字联

犹留正气参天地
永剩丹心照古今

北京文天祥祠联

门前学种先生柳
岭上长留处士坟

九江陶渊明祠联

溉汾西千顷田，三分南七分北，浩浩同流数十里，清之不浊
出瓮山一片石，冷于夏温于冬，冽冽有本亿万年，与世长清

太原晋祠联

酒味冲天，飞鸟闻香化凤
糟粕落地，游鱼得味成龙

山西杏花村汾酒厂联

三万轴书卷无存，入室追思名宰相
九千丈云山不改，凭栏细认古烟霞

湖南衡山邺侯书院联

楼高但任云飞过
池小能将月送来

上海豫园明月楼联

一日无心出
群山不敢高

山东泰山楼联

雨不崇朝遍天下
花随流水到人间

山东泰山雨花观联

揽月居然临上界
搴云便要洒齐州

山东泰山岱庙联

仰之弥高，钻之弥坚，可以语上也
出乎其类，拔乎其萃，宜若登天然

山东泰山孔子崖联

门辟九霄，仰步三天胜迹
阶崇万级，俯临千嶂奇观

门可通天，仰观碧落星辰近
路承绝顶，俯瞰翠微峦屿低

上两联为山东泰山南门联

对江楼阁参天立
全楚山河缩地来

一楼萃三楚精神，云鹤俱空横笛在
三水汇百川支派，古今无尽大江东

上两联为武汉黄鹤楼联

落霞与孤鹜齐飞
秋水共长天一色

王勃题滕王阁联

大江东去千峰翠
爽气西来两袖青

武汉黄鹤楼一览亭联

烟笼古寺无人到
树倚深堂有月来

长戈满地，一亭独幽，客子河梁携手去（河梁：原指桥，后代指送别之地）
把酒问天，陶然芳醉，西山秋色上衣来

上两联为北京陶然亭联

三峰三霄通，宝掌千秋留藓迹
一岳一石作，金天万里矗莲花
陕西华山玉泉院联

黄阁逼云霄，举头红日近
远山收入画，回首白云低
安徽黄山玉屏楼联

足下起祥云，到此者应带几分仙气
眼前无俗障，坐定后宜生一点禅心
九江庐山绝顶联

理冤狱，关节不通，自是阎罗气象
赈灾黎，慈悲无量，依然菩萨心肠
开封包公祠联

星辰熠耀贞观千古事
魁斗独尊盛世帝王汤
西安华清池星辰汤联

德被十方国民安
泽尽万代风雨顺
西安华清池联

沧海明月珠莹润
蓝田紫气玉生烟
西安华清池丽宝斋联

楼外有楼，伴鼓听钟开盛会
味中品味，追唐溯汉沐祥风
西安钟楼同盛祥酒楼联

宴会宴友饺子宴
长帆长安德发长
西安钟楼德发长饺子店联，贺敬之作

师卧龙，友子龙，龙师龙友
弟翼德，兄玄德，德弟德兄

兄玄德，弟翼德，生擒庞德
生蒲州，会涿州，坐镇荆州
上两联为关帝（关羽）庙联

登高丘而望远海
倚长剑以临八荒

潭水光中塔影
梅花香里钟声

疏影横斜水清浅
暗香浮动月黄昏

在山泉清，出山泉浊
陆居非屋，水居非舟
上四联为苏州虎丘塔联

水远一湾幽居是适
花围四壁小住为佳
苏州拥翠山庄灵澜精舍联

塔影在波山光接屋
画船人影晓市花声
苏州虎丘断梁殿联，扬州画家李圣和题

半丘残阳孤云寒食相思陌上路
两山横黛瞰碧青门频返月中魂
苏州虎丘联

沧胜如归寄心清尚
聆音俞漠托契孤游

海国启琳宫宏法利生扬正教

灵山间妙谛觉迷度苦感仁王

上两联为苏州留园联

东震涌庄严看桥通鹤市山近虎丘招提久占三吴胜

西来参本意任侠士流芳生公说法照澈都归五蕴空

苏州西园大雄宝殿联

妙相圆融遍尘刹而无求不应

悲心忘切度群生而有感皆通

苏州西园观音菩萨联

四壁荷花三面柳

半潭秋水一房山

東云归砚盒

裁梦入苍心

唤我开门迎晓月

送人何处啸风梳

松柏有本性

金石有盟心

清斯濯缨浊斯濯足

智者乐水仁者乐山

小径四时花随分逍遥真闲却香车马风

一池千古月称情欢笑好商量酒政茶经

上六联为苏州拙政园联

天香无凡尘

国色拥富贵

西安大庆路庆阳大厦联

西南诸峰林壑尤美

春秋佳日觞咏其间

苏州拙政园见山楼联

林阴清和兰言曲畅

流水今日修竹古时

苏州北寺塔联

观大海者难为水

悟目心时不见山

苏州灵岩山寺落红亭联

证诸佛本妙觉心安住寂光享真常法乐

愍众生迷如来藏现身尘刹作得度因缘

净土法门普被三根实如来成始成终之妙道

弥陀誓愿全收九泉示众生心作心是之洪猷

好山四面归来另眼相看

大路一条到此齐心向上

劳尘修净土认清蹉路岂无宝筏渡迷津

平地上灵崖过此关头自有天梯登绝顶

上四联为苏州灵岩山联

海内志音祝允明
人间何物都无敌

苏州唐伯虎馆梦墨堂联

继宋玉招魂之后，此番苍墓重修，更装点横溏美景，替湖光花月增妍
闻唐衢痛哭何为？纵使青云无望，却赢得才子高名，在将相王侯之上

苏州唐伯虎馆六如堂联

寒山古寺钟声远
佛阁藏经道力宏

四壁青山杜甫诗
一窗佳景王维画

上两联为苏州寒山寺联

苍松翠竹真佳客
明月清风是故人

晓风柳岸春先到
夏日荷花乐不知

上两联为苏州狮子林联

名园涉趣，清诗重和蒋心余
高隐成图，息壤偕盟马文璧

园居日涉来者可追
浩劫空踪畸人独远

望之若神仙中人
相赏有松石间意

钟闻古寺境接琅嬛
石品洞天标题海岳

于觞泳流连而外瞻族承先树人裕后名园今得主高风不让谢公墩
具峰岚起伏之奇晴云吐月夕照含晖尘劫几注年胜地重新狮子座

清谈祗风月于此地，碧筩酣饮，花应解语，凌波出水共争妍
尘世阅沧桑问昔年，翠辇经过，石不能言，叠嶂奇峰还似旧

上六联为苏州狮子林联

千秋功勋三军猛勇震大地
万代楷模将士奇智泣鬼神

陕西华山纪念亭(纪念华山解放十二周年)联

至诚开金石经国家定社稷从来君相仗威灵
明德荐馨香祭天地祀神祇自古圣贤崇典礼

苏州玄妙观联

登阁遥望水色连天迷绿野
飞云远去湖光满目照青山

欲赋欣然闻鸟语
倚栏意外得涛声

上两联为江苏无锡鼋头渚联

僮可烹，妾可杀，城不可占，矢志保江淮半壁
生同岁，死同年，神亦同祀，精忠比日月双辉

江苏江阴双忠祠联。双忠：指张巡、许远

两表酬三顾
一对足千秋

成都武侯祠联

四面湖山收眼底
万家忧乐到心头

湖南岳阳楼联

何处招魂香草还生三户地
当年呵壁湘流应识九歌心

长沙三闾大夫(屈原)祠联

三过其门,虚度辛壬癸甲
八年于外,平成河汉江淮

江都禹王宫联

铁板铜琵,继东坡高唱大江东去
美芹悲黍,冀南宋莫随鸿雁南飞

郭沫若题济南辛弃疾纪念祠联

锦绣江山,半壁雄心敌吴魏
风云儿女,千秋佳话掩甘糜

湖北石首刘备与孙夫人合祠联

清风明月本无价
近水遥山皆有情

苏州沧浪亭联

发宏愿度众生除一切苦厄
现幻身说佛法结万世因缘

普门亦现宗说兼通
心地光明旧新并洽

五蕴皆空世间有相感虚妄
六尘全去大能无我即如来

佛祖济众生八方安乐
宝刹逢盛世四海承恩

万法皆空明佛性
一尘不染证禅心

上五联为江苏江都开元寺联

一百八记钟声唤起万家春梦
二十四番花信吹香七里山塘

苏州虎丘塔花神庙联

几堆江山画图,山繁华自昔,试看奢如大业,令人讪笑,令人悲哀,应有些逸兴雅怀,才领得廿四桥头箫声月色

一派竹西歌吹,路传诵于今,必须大似庐陵,方可遨游,方可啸咏,切莫是秾花浊酒,便当了六一翁后余韵流风

扬州平山堂联。六一翁:宋朝文学家欧阳修,曾任扬州知府

赤面秉赤心,骑赤兔追风驰驱时,无忘赤帝

青灯观青史,仗青龙偃月隐微处,不愧青天

湖北当阳关帝庙联

以少胜多瑶草琪花荣四季
即小观大方丈蓬莱见一斑

水榭朝曦花绽露
山房晚照柳生烟

上两联为扬州瘦西湖联

平临一水入澄照
错置九峰出古情

扬州荷花池公园联

秦皇安在哉，万里长城筑怨
美女未亡也，千秋片石铭贞

文天祥题孟姜女庙联

沧海日，赤城霞，峨眉雪，巫峡云，洞庭月，彭蠡烟，潇湘雨，武夷峰，庐山瀑布，合宇宙奇观绘吾斋壁
少陵诗，摩诘画，左传文，马迁史，薛涛笺，右军帖，南华经，相如赋，屈子离骚，收古今绝艺置我山窗

邓石如为碧山书屋作联

图画香山，风流玉局
荷花世界，杨柳楼台

西湖苏公祠横翠阁联。宋朝文学家苏轼得号，因他在朝廷玉局观担任职务，故名

弹指皆空，玉局可曾留带去
如拳不大，金山也肯过江来

扬州瘦西湖小金山联，清朝状元翁同和撰。留带：指的是苏轼与佛印互赠裙带的故事。佛印，北宋名僧，是苏轼的好友。某日，苏轼见佛印于寺中，佛印说："阁下驾到，可惜我这里连坐的地方都没有啊。"苏轼戏言："暂借和尚四大用作禅床。"佛印曰："僧有一问，答得来即坐，道不得则将你腰间玉带归我。"苏轼欣然同意。佛印即道："四大本空，五蕴非有，阁下欲于何处坐？"苏轼不能答，遂解玉带予佛印，佛印即以衲衣回赠。这便是禅宗公案中流传甚广的裙带互赠的故事。如拳不大：典出"拳石"。拳石，指园林中用来堆砌假山的石头，也泛指园林中的假山。白居易诗云："拳石苍苔意，尺波烟杳渺。"当年小金山主人程士铨将瘦西湖中的清淤之土堆积成一座小山，翁同和之"如拳不大"，当指此山

借取西湖一角堪夸其瘦
移来金山半点何惜乎小

青山载酒呼棋局
紫褥传盅近笛林

月来满地水
云起一天山

上三联为扬州瘦西湖小金山联

海纳百川有容乃大
壁立千仞无欲则刚

林则徐任两广总督时在总督府衙题写的堂联

共赏万余卷奇文，远撷紫芸，近摹朱草
重寻五十年旧事，一攀丹桂，三趁黄槐

左宗棠任陕甘总督时题甘肃兰州贡院联

毕生彪炳功勋启自授书始
历代崇丰禋祀端由辟谷开

河南嵩县白云山留侯张良联

小筑虚亭添野景
闲将遗事说前朝

清朝扬州名士陈重庆为重宁寺作联

广袤幅员三万里
悠长历史五千年

黄帝陵轩辕庙联

观天地生物气象
谈古今经世文章

黄帝陵诚心亭联

湖阔鱼龙跃
山阴草木香

无锡鼋头渚通芬堂联

山水不随鸱夷去
波声偏为鸥侣留

无锡鼋头渚净香水榭联

道是非天非地路
果真亦仙亦凡桥

过此桥是玉虚境
到彼岸非本来钱

上两联为无锡鼋头渚会仙桥联

三碗两盏，尽尝江南风味
百滋百味，小吃太湖人家

无锡鼋头渚太湖人家酒店门联

天听民听，天视民视
人溺己溺，人饥己饥

河南叶县县衙大门楹联

我如卖法脑徒地
尔敢欺心头有天

丹毫一点，乃吾民利害攸关，须念悖出必将悖入

百日三竿，即尔室公私毕照，莫谓知显不在知微

上两联为河南叶县县衙大堂楹联

山色壮，金银唯以不贪为宝
江流环，铁石居然众志成城

河南叶县县衙卷棚两梢间楹联

财从义取利方远
禄随人施神之明

某土地庙联

灵显前程入精舍
竹隐仙境听佛音

天道上天天上妙堂
灵山得灵灵得喜佛

你乐我乐时时快乐
今福明福常常幸福

诸君早种善慧根
今生成就此功德

以上四联为杭州灵隐寺联

立定脚跟背后山头飞不去
执持手印眼前佛面即如来

峰欲再飞无净土
泉甘乃冷有名山

泉声咽危石
日色冷青松

上三联为杭州飞来峰联

愿天下有情人都成了眷属
是前生注定事莫错过姻缘

成性来朝仙佛
投线去取因缘

上两联为杭州黄龙洞联

玉宇澄清躬临胜境
碧波荡漾我念先贤
浙江千岛湖海公(海瑞)祠联,1986年李锐题

四载功勋垂竹帛
一生刚直砺冰霜

昭代衣冠第一人
三元声价重麒麟

祠堂县属对宇依然 一湖照世开明镜
遗像丰碑清风不歇 千山破浪尽刚峰

十岛立如屏,仰亮节高风丹心铁骨永垂后世
一湖清可鉴,伴苍松翠竹夕照朝晖同拜先生
上四联为浙江千岛湖海公(海瑞)祠联

石峡文明第
青溪理学家

一门登两第
百里足三元

先贤历后人青云出步
遗范光今世紫气胜腾
上三联为浙江千岛湖石峡书院联

先立乎其大
有志者竟成

轻松寒不落
云鹤高其翥
上两联为茅盾故居联

德光天广帱
恩湛海重渊

瑞石灵基古
新宫圣祀崇

德用化宇
泽润生民

灵城昭于日月
震润辟此乾坤

天道本无私,诸君到此恭求善事,须行一二件
后德甚灵显,小子曾来祷告神签,明示两三番

春风静秋水,明贡士,波臣知中国有圣人伊母也力
海日红江天,碧楼船,凫楼涉大川如平地唯德之休
上六联为香港妈祖庙联

清灵乐善心无悔
宝洞拈香性要真

入庄有如沾化雨
依山还是戴慈云

麟是四灵之祥,惟圣人出类拔萃
阁乃庄严之愿,幸来者启后承先

迎九龙秀气满园草木欣荣钟灵福气
承狮岭清幽面对碧波清漾别有洞天

光乐秦钧天，香蒙烟缊勇上界
名园开福地，松阴迤逦及东华

上五联为杭州黄大仙(景点)联

莲生绿波桂生高岭
桐间露落柳下风来

扬州瘦西湖草堂联

大江东去，浪淘尽，千古英雄，问楼外青山，山外白云，何处是唐宫汉阙
小苑西回，莺唤起，一庭佳丽，看池边绿树，树边红雨，此间有舜日尧天

南京明朝中天王故邸联

千秋怀抱三杯酒
万里云山一水楼

昆明大观楼联

身入狼邦，壮士匹夫生死外
心存燕国，萧寒易水古今流

咸阳荆轲墓联

峰高华岳三千丈
险据秦关百二重

宁夏固原六盘山联

汉祚难延，忠魂痛裂三分鼎
军山在望，高冢通灵八阵图

陕西勉县定军山武侯墓庙联

风风雨雨，暖暖寒寒，处处寻寻觅觅
燕燕莺莺，花花叶叶，卿卿暮暮朝朝

苏州网师园联

鸿鹄高飞一举千里
凤凰游宿十步九旬

浙江桐乡乌镇民俗馆联

一盏青灯可照 无量前程
三枝福香能解 千灾万难

红白无私 贫富一般照顾
青天有眼 善恶两样看待

上两联为浙江桐乡乌镇修真观联

兴废总关情，看落霞孤鹜，秋水长天，幸此地湖山无恙
今古才一瞬，问江上才人，阁中帝子，此当年风景如何

刘坤一题南昌腾王阁联

五年间谪宦栖迟，较量惠州麦饭，儋耳蛮花，得此清幽山水
三苏中天才独绝，若论东坡八诗，赤壁两赋，是公游戏文章

张之洞题黄州东坡故居联

趣联妙对

中国十大长联

1. 昆明滇池大观楼长联(清代孙髯翁作,180 字)

上联:

五百里滇池,奔来眼底,披襟岸帻,喜茫茫空阔无边!看东骧神骏,西翥灵仪,北走蜿蜒,南翔缟素。高人韵士,何妨选胜登临,趁蟹屿螺洲,梳裹就风鬟雾鬓,更苹天苇地,点缀些翠羽丹霞。莫辜负四周香稻,万顷晴沙,九夏芙蓉,三春杨柳。

下联:

数千年往事,注到心头,把酒凌虚,叹滚滚英雄谁在?想汉习楼船,唐标铁柱,宋挥玉斧,元跨革囊。伟烈丰功,费尽移山心力,尽珠帘画栋,卷不及暮雨朝云,便断碣残碑,都付与苍烟落照。只赢得几杵疏钟,半江渔火,两行秋雁,一枕清霜。

康熙三十五年(1696 年),大观楼建成,孙髯翁路经此处,见大多数文人墨客前往吟诗作赋,为清朝歌功颂德,甚为气愤,傲然写下这一幅 180 字的长联。上联写滇池风物,视野极其开阔;下联写云南历史,追溯直达汉唐。一边写景,一边叙事,一边抒情,情、景、事互相交融,排句用典也极具规模,为后世写长联者提供借鉴。此联气势磅礴,构思巧妙,文辞优美,全联集为一体,一气呵成,通达流畅。后来有不少仿此联写者,至今不下数百副,然而并没有一副可以与之媲美。

2. 贵阳市甲秀楼长联(清代刘蕴良作,206字)

上联:

五百年稳占鳌矶，独撑天宇。让我一层更上，茫茫眼界拓开。看东枕衡湘，西襟滇诏，南屏粤峤，北带巴夔，迢递关河。喜雄跨两游，支持那中原半壁，却好把猪拱箐扫，乌撒碉隳，鸡讲营编，龙番险扼。劳劳缔造，装构成笙歌闾里，锦绣山川，漫云竹壤偏荒，难与神州争胜概。

下联:

数千仞高凌牛渡，永镇边隅。问谁双柱重镌，滚滚惊涛挽住。忆秦通焚道，汉置牂牁，唐靖且兰，宋封罗甸，凄迷风雨。叹名流几辈，销磨了旧迹千秋，到不如月唤狮岗，霞餐象岭，丸披风峪，雾袭螺峰。款款登临，领略这金碧亭台，画图烟景，恍觉蓬洲咫尺，频呼仙侣话游踪。

3. 成都望江楼公园崇丽阁长联(清代钟耘舫作,212字)

上联:

几层楼独撑东西峰，统近水遥山，供张画谱。聚葱岭雪，散白河烟，烘丹景霞，染青衣雾。时而诗人吊古，时而猛士筹边。最可怜花蕊飘零，早埋了春闺宝镜。枇杷寂寞，空留着绿野香坟。对此茫茫，百感交集。笑憨蝴蝶，总贪迷醉梦乡中。试从绝顶高呼：问问问，这半江月，谁家之物?

下联:

千年事屡换西川局，尽鸿篇巨制，装演英雄。跃风上龙，殒坡前凤，卧关下虎，鸣井底蛙。忽然铁马金戈，忽然银笙玉笛。倒不若长歌短赋，抛撒些闲恨闲愁。曲槛回廊，消受得好风好雨。嗟予蹩躠，四海无归。跳死猢狲，终落在乾坤套里。且向危梯频首：看看看，那一块云，是我的天?

4. 武昌黄鹤楼长联(清代潘炳烈作,350字)

上联:

跨蹬起层楼，既言费文韦曾来，施谓吕绍先到此，楚书失考，竟莫喻仿自何朝?试梯山遥穷郢塞，觉斯处者个台隍，只有弥衡作赋，崔颢作诗，千秋宛在。追后游踪宦迹，选胜凭临，极东连皖豫，西控荆襄，南枕长岳，北通中息，茫茫宇宙，胡注非过客遽户。悬屋角檐牙，听几番铜乌铁马，涌浦帆挂楫，玩一回雪浪云涛，出数十百丈之巅，高陵翼轸，巍巍岳岳，梁栋重新，挽倒峡狂澜，赖诸公力回气运。神仙浑是幻，又奚必肩头剑佩，丛里酒钱，岭际笛声，空中鹤影。

下联：

蟠峰撑杰阁，都说辛氏炉伊始，哪指鲍明远弗传，晋史缺疑，究未闻见从谁乎？由战垒仰慕皇初，想当年许多人物，但云屈子离骚，芈熊遗泽，万古常昭。其余劫霸图王，称威俄顷，任成灭黄弦，庄严广驾，共精组练，灵筑章华，落落豪雄，终归于苍烟夕照。惟方城汉水，犹记得周葛召棠，便大别晴川，亦依然尧天舜日，偕亿兆群伦以步，登耸云霄，荡荡平平，搀抢净扫，睹丰功伟烈，贺而今曲奏太平。风月话无边，赏不尽郭外柳荫，亭前枣实，洲前草色，江上梅花。

5. 四川青城山庙门长联（清代李善济作，394字）

上联：

溯禹迹莫岷阜以还，南接衡湘，北连秦陇，西通藏卫，东峙夔巫，葱葱郁郁，纵横八百里舆图。试蹑屐登上清绝顶，看雪岭光腾，红吞沧海，锦江春涨，绿到瀛洲。历井扪参，须臾踏蜗牛两角，争奈路隔，蚕丛何处寻？神仙帑库丈人峰，真墙堵耳。回思峨眉秋月，玉垒浮云，剑门细雨，尚依稀绕襟袖间。况乃夜朝群岳，圣灯先列宿柴天，泉喷六时，灵液疑真君唾地。读书台犹存芳躅，飞赴寺安敢跳梁。且逍遥陟橹卜冈，渡芙蓉岛，都露出庐山面目，难遽追攀，楼观互玲珑，今幸青崖径达。问当初，华渚姚墟，铜铸明皇应宛在。

下联：

自轩坛拜宁封而后，汉标李意，晋著范贤，唐隐薛昌，宋征张愈，烈烈轰轰，上下四千年文物。漫借瓻考前代遗徽，记官临内品，墨敕亲颁，曲和甘州，霓裳同咏。鸾章翠辇，不过留鸿爪一痕，可怜林深，杜宇几番唤。望帝归魂高士传，岂欺予哉。莫道赵昱斩蛟，佐卿化鹤，平仲驰骡，悉缥缈若遐荒事，兼之花蕊宫词，巾帼共谯岩竞秀，貂蝉画像，侍中与太古齐名。携孤琴御史曾游，吹长笛放翁再往。休提说王柯丹鼎，谭峭蹑鞋，那堪他沫水洪波，无端淘尽，英雄多寄寓，我亦碧落暂栖。待异日，龙吟虎啸，铁船贾郁定重来。

6. 屈原庙湘妃祠长联（清代张之洞作，400字）

上联：

九派会君山，刚才向汉沔荡胸，沧浪濯足。直江滚滚奔腾到，星沉龛赭，潮射钱塘，乱入海口间。把眼界洗宽，无边空阔。只见那庙唤鹧鸪，乱花满地，洲邻鹦鹉，芳草连天。只见那峰回鸿雁，智鸟惊寒，湖泛鸳鸯，文禽戢翼。恰点染湢翠霭苍烟，绛霞绿树。敞开着万顷水光，有几多奇奇幻幻，淡淡浓浓，铺成画景。焉知他是雾锁吴樯，焉知他是雪消蜀舵？焉知他是益州雀舫，是彭蠡渔艘？一个个头顶竹蓑笠，浮巨艇南来。叹当日靳尚何奸，张仪何诈，怀王何暗，宋玉何悲，贾生何太息。至今破八百里浊浪洪涛，同读招魂呼屈子。

下联：

三终聆帝乐，纵亲觅伶伦截管，荣猿敲钟。竟响飒飒随引去，潭作龙吟，孔闻鼍吼，静坐波心里。将耳根贯彻，别样清虚。试听这仙源渔棹，歌散桃林，楚客洞箫，悲含芦叶。试听这岳阳铁笛，曲折柳枝，俞伯瑶琴，丝弹桐柏。将又添些帆风橹雨，荻露葭霜。凑合了千秋韵事，偏如许淋淋漓漓，洋洋洒洒，惹动诗情。也任你说拳椎黄鹤，也任你说盘贮青螺，也任你说艳摘澧兰，说香分沅芷。数声声手拨铜琵琶，唱大江东去。忾此祠神尧阿父，傲朱阿兄，监明阿弟，宵烛阿女，敤首阿小姑。亘古望卅六湾白云皎日，还思鼓瑟吊湘灵。

7. 钟耘舫六十寿诞自题长联(清代钟耘舫作,892 字)

上联：

六十年东碰西撞，误落乾坤圈套，乱烘烘叠床梦，急抢抢架肩愁。编三川草木烟霞，滴滴皆啼痕血迹。长歌代哭，猛惊姬蹶嬴颠，短笛助讴，痛定刘聋赵瞶。嘈嘈廿七史，阿孰算个男儿，意岳粹嵩华，安肯漫钟贤秀。将上马杀贼，下马作檄，开拓注哲之心胸，推倒亚洲之豪杰。岂料文章贾祸，魍魅兴波。即慈傲骨刚肠，早冲犯着奎宿仇星，耪恼着孔兄丑脸。毁者、誉者、诅者、祝者、投石者、设饵者、颂项诗者、御鲁国者，悠悠众口，鲜定评也。而进蹑网罗，退蹊坎壈，无端囚戮管仲，无端谤辱宣尼。懵懂之条科，恁般颟顸。提起我半生鲋辙，历历怆怀。这满腔义胆忠肝，都付于狼吞犬噬。只筵间酒、镜边花、碗底肥胪、枰中瘦鹿，还值得浓餐淡饮，浅唱低斟。好福泽需好精神，奈壮与久受磨砺，浩劫毓奇才，奇才动遭浩劫。已矣！吾其伴赤松子游矣。悔韶龄酷嗜简篇，便欲支撑宇宙。至今日筋疲脑碎，斗末跳跶猢狲。髭髩飘霜，干彻什么经济？罢罢罢，从此卷旗收卒，要利刀阔斧，斫尽情根；秘诀灵符，消除慧业。把些嫠妇恤、杞人忧天、团体款、同胞叹，掷抛向缥缈虚空。第取一件衣、一盂粥，保护皮囊。那宝贵功名，意属贪嗔痴妄。黄梁熟、黑种滋，问闲常喜怒悲欢，为的是谁家世界？拥被窝呵呵窃笑，自笑某辛辛苦苦，碌碌忙忙，做了吃书蠹，敷了钻纸蚊，狂了采蜜蜂，疯了闹山鹊。

下联：

二万里南暹北鞑，割残周泾球图，霹雳炸铜铁炎，水火弛氢氧骤。听盈庭纂组锦绣，嘐嘐说枉断房谋。裂指叩阶，夸诩擎天手段，咬牙变法，矜持补衮金针。缕缕数千言，非咱难争霸局，谅樵哄炒斗，乌能抵抗旃旝。须左挟虬龙，右挟蛟蟒，仗钺髼鬈之窟穴，请缨椎髻之殿庭。宁知压力弗遒，风潮忒逆。就论声光气电，仅剿袭点欧罗糟粕，咀嚼点新学馋涎。英耶？德耶？班耶？葡耶？拒俄耶？联美也？购倭械耶？增比款耶？睒睒凶睛，胡闪烁也。而朝修船政，暮整海军，忽焉偿息京垓，忽焉赔兵亿兆。羲农之胄裔，改号野蛮。但闻伊几阵羊鸣，齐齐褫魄。本滥臭行尸走肉，怎禁被舰碾轮研。惟剥闾阎、刳土族、搜擒公鳖、攫捉笼鸡，倒足称顶选尖毫，头批脚色。大完全先大破败，计苍昊潜溪运会，英雄造时势，时势亦诗英雄。伤哉！予竟以白发翁老哉。念圣主勤劳宵旰，隐求酝酿氤氲。乃诸公螟蛊蛇妖，骄焰吐来瘴雾。腥臊喷毒，散成各道瘟瘼。哈哈哈，假烧乞借斧柯，当倾泻银河，湔除肮脏；掀翻玉轴，搜捡贞元。虽有测量方、格物致理、工商战、汽化机，殊不是治平浆计。应该两撒腿、两拗捶，剔穿地壳。扫贪污庸懦，悉归斩绞徒流。盘古苏、混沌死，嗟若辈梼穷饕浑，究竟由何处胚胎？登舞台悄悄私看，且看他扰扰营营，轰轰烈烈，跃出五爪狮，吼出独角虎，嗥出四眼狗，现出九尾狐。

8. 题江津县临江城楼长联(清代钟云舫作,1612字)

序：

飞来冤祸，理所不解，偶一触念，痛澈心肝。迟迟春日，藉此搜索枯肠，欲其不以冤情撄念耳。以泪和墨，以血染指，计得一千六百余字，明知抛查取厌，而故曼其词，谬欲以长制胜。阅者笑我之无耻，当应谅我之无聊也。噫！

上联：

地当扼泸渝、控涪合之冲，接滇黔、通藏卫之隘，四顾葱葱郁郁，俱转入画江城。看南倚艾村，北褰莲盖，西撑鹤岭，东敝牛栏，烱纵横草木烟云，尽供给骚坛品料。欹斜栋桷，经枝梧魏、晋、隋、唐，仰睇骇穹墟，躔鬼宿间，矮堞颓堙，均仗着妖群祟影。只金瓯巩固，须防劫火懵腾；范冶炉锤，偏妄逞盲捶瞎打。功名厄运数也，运数厄运名也，对兹浑浑茫茫，无岸无边，究沦溺衣冠几许？登斯楼也、羽者、齿者、赢者、介者、脰臆鸣者、傍侧行者、忿翅扶抢、喜啮攫扪者，迎潮踽踽趋去，拂潮踽踽趋来，厘然坌集，而乌兔撼胸，掷目空空，拍浪汹汹，拿橹嚾嚾，挝鼓冬冬，慑以霹雳，骤以丰隆。溯岷蟠蜿蝘根源，庶畅泻波澜壮阔胸怀耳。试想想还榛朴噩，俄焉狂荡干戈；吴楚睢盱，俄焉汪洋觳晃；侏离腾踔，俄焉渺漾球图。谓玄黄伎俩蹊跷，怎恇怗鬇鬡努眼。环珮铿锵之日，盈廷济济伊周，忽喇喇掀转鸿沟，溪谷淋漓膏液。蚩氓则咆哮虓虎，公卿则谨视幺豚，熊罴鹅鹳韬钤，件件恃苍羲定策。追欃枪扫净，奎壁辉煌，夏纱帽下瘫瞌睡虫，太仓里营狡猾鼠，毛锥子乏肉食相，岂堪甘脆肥浓？恁踹踏凤凰台，蹂躏鹦鹉洲，距踊麒麟阁，靴尖略踢，惨鸡肋虔奉尊拳，喑呜叱咤之音，焰闪胭脂舌矣。已矣！余祈蜕变巴蛇矣！斑斑俊物，孰抗逆翀谈凶麟？设怒煽支祁，例纠率魑魅魍魉；苟缺锯牙钩爪，曷宣尼亦慑桓魋，这世界非初世界矣。爰悄悄上排阊阖，沥诉牢愁，既叨和气氤氲，曰父曰母，巽股艮趾，举钦承易简知能。胡觇轴折枢摧，又嫉儿孙显赫，未容咳笑，先迫号咷，恪循板板规模，诸任雷霆粗莽。稽首，稽首，稽首，吁依恩派归甲族；侣伴虾蛸，泡响昙嘘，尚诩蜉蝣光采；闷缘香藻，喧喤闹铁板铜琶；快聆梅花，潇洒饫琼萧玉笛；疏疏暮苇，瀛寰隔白露蒹葭。嗟嗟！校序党庠，直拘辱土林美里；透参妙旨，处处睹鱼跃鸢飞。嗜欲阵，迷不着痴女呆男，撞破天关，遮莫使忧患撩人，人撩忧患。懵懂自古，伶俐自凶，脂粉可乱糊涂，乔装着丑末须髯；波僾肮脏，俺愈邋遢。讪骂大家讪骂，某本吟僧一个，无端堕向泥犁。恰寻此高配摘星，丽逾结绮，咬些霜，咽些雪，俾志趣晶莹，附舟楫帆樯，晃朗虑周八极。听、听、听，村晴莺啭，汀晚鸥哗，那是咱活活泼泼、悠悠扬扬的性。久坐，久坐，计沧骸允该抛弃，等候半池涨落，拣津汁秋诀揉挎，挎至乳洽胶溶，缩成寸短灵苗，妪煦麑卵，倏幻改钳发珠眸，远从三百六度中，握斧施斤，与渠镌囫囵没窍混沌。

下联：

蒙有倾淮渎、溢沪渎之泪，堆衡嶓、压泰岱之愁，满腔怪怪奇奇，悉属我心涕泗。念蚕凫启土，刘孟膺符，轼辙挥毫，马扬弄墨，泄涓滴文章勋绩，遂销残益部精华。逼狭河山，怎孕育皋、夔、契、稷？俯吟欹剑栈，除拾遗外，郊寒岛瘦，总凄煞峡岛巫猿。故卧龙驰驱，终让进蛙福泽；阴阳罗网，惯欺凌渴鲋饥鹏。英雄造时势耶？时势造英雄也？为问滔滔汩汩，匪朝匪夕，要漂零萍梗何乡？涉臣川耶，恍兮、惚兮、凛兮、冽兮、窦瀕洞兮、突旋涡兮、迤逦欧亚、辽夐奥斐兮，甭国务垄民愚，阿国务诱民智，奋欲乘桴，而羿奡掣楫，履冰业业，褰裳惕惕，触礁虩虩，擎舵默默，动其进机，静其止屉。藐湔泜潢污行潦，谁拔尔抑塞礌砢才猷乎？叹区区锤凿崔嵬，夸甚五丁手段？组织仁义，夸甚费蒋丝纶？抽玩爻占，夸甚谯程卜筮？在风底峥嵘脉络，应多少豪杰诞身。沱潜澎湃之余，依旧荒荒巢燧，硬苦苦追踪盘古，弹丸摭拓封疆。累赘了将军断头，凄怆了苌弘葬碧，礼乐兵农治谱，纷纷把尧舜效尤。及滟滪轰平，黎邛顺轨，第薛蕊代芙蓉增色，杜鹃伏丛棘呼冤，峨眉秀鲜桢干材，勉取賨毡橦布。反猢狲美面具，豺狼巧指臂，狮猣盛威仪，口沫溦飞，统犍叙胥惊灭顶，锦纨究n之服，宁称穷措体哉？伤哉！予安获贡蜀产哉？業業巉岩，类钟毓嶙峋傲骨。即肖形凹凸，早嫣恼邑贵朝官；假饶赤仄紫标，咼盗跖犹贤柳惠，庶贫贱弗终贫贱哉？冀缓缓私赴泉官，缴还躯壳，诳说神州缥缈，宜佛宜仙，虹彩霓辉，都较胜幽冥黑暗。讵识铅腥锡臊，遍令震旦褦襶，甫卸翳肊，遽烦汤饼，愧悔昏昏曩昔，泣求包老轮回。菩提，菩提，菩提，愿今番褪脱皮囊；胚胎蝼蚁，堂砌殿穴，永教宗社绵延；虱脑虮肝，垂拱萃蟭螟胎蚤；蚊毛蜗角，挤眉拥蛮触艅航；小小旃檀，妻妾恣红尘梦寐。噫噫！牂牁僰道，乃稽留逐客夜郎；种杂僮傜，啧啧厌鴂喃鴂叫。丘索坟，埋不尽酸齑醋骼，猜完哑谜，毕竟是聪明误我，我误聪明。宇宙忒宽，瞳眶忒窄，精魂已所修炼，特辜负爹娘鞠抚，受他血肉，偿他髑髅。浮沉乐与浮沉，孽由酷滥九经，始畀投生激畜。且趁兹沙澄洗髓，渚潋湔肠，唏点月，哦点风，倩酒杯斟酌，就诗歌词赋，权谋站住千秋。瞧、瞧、瞧，蓼瘠砧敲，荷瘫桨荡，却似仆凄凄恻恻、漂漂泊泊的情。勿慌！勿慌！料蓝蔚隐蓄慈悲，聊凭双阙梯崇，望银涛放声痛哭，哭到海枯石烂，激出文长鼻膩，掬付龟鳌，嘱稳护方壶圆峤，近约十二万年后，跟踪蹑迹，眡侬斫玲珑别式乾坤。

上联写景言情。作者先写江津楼的地理位置，接着描绘了登楼所看见的自然界千姿百态的壮丽景色。面对大自然的万千景象，作者不由得心潮澎湃，浮想联翩。思绪从洪荒时代一直到他眼前的社会，联文历数世事的无穷变化，历数社会上各种人物的丑恶表演，有感于社会之每况愈下以及自己的忧愁，表示宁愿做鱼虾，尚能在这美丽的自然界自由潇洒，而感叹读书人的屈辱处境，决计参透玄机，抛弃浊骸，乔装糊涂。

下联叙史抒怀。作者从自己满腔的愁怨引出对四川著名历史人物的咏叹，那开疆启土的古蜀王蚕丛、鱼凫、杜宇，那能力拔山的五丁力士，那为捍卫国家壮烈牺牲的将军巴蔓子，那热血化碧的苌弘，那舞文弄墨的西汉辞赋家司马相如、扬雄，那应运登基的刘备、孟知祥，那为先帝驱驰的诸葛亮，那为蓉城增色的薛涛、花蕊夫人，那潇洒挥毫的苏轼、苏辙等。但他们的命运却并不怎么好，因而作者认为自己一切不幸的根源都是由于酷好九经，中毒太深，决心洗髓湔肠，重新做人，去开创新的天地。

全联博大精深，感情愤激，文才丰溢，用典贴切，深刻揭露了旧社会的黑暗，与那些粉饰太平、吟风弄月的作品形成了鲜明的对比，有人称之为“对联史上的一座珠穆朗玛峰”。但此联使用了很多生僻字词，因而也比较晦涩难懂。

9. 湖南省桃花源风景区桃川宫长联(现代吕世军作,220字)

上联:

谁说桃花轻薄?看灼灼其华,为多少佳人赠色。滴清清玉露,羡万株艳蕾流霞。无何春去莫飞,终究莺枝坠果。于是平仲设谋,东方窃窦,王母宴宾,刘郎题句。况核仁制药,能疗痼疾佐岐黄,条干充刀,可借印符驱厉鬼,准握天机珍丽质,也知季节让群芳。寄言秋菊冬梅,慎勿盲从徒毒友。

下联:

我夸福地妖娆,眺青青之岭,添哪些琼阁浮云。有濯濯明湖,收十里嘉林入画。似新尘消宇净,因恩驾鹤凌空。难怪闻山揽胜,高举怡情,秦村访友,碑院挥毫。若清节复生,定唤渔夫回绝境,灵均再世,必歌今日过前朝。莫悲红雨落幽溪,又续风骚垂奕叶,方信凡夫俗子,不须羽化亦登仙。

10. 长沙天心阁长联(现代李爱岐作,348字)

上联:

天工巧妙,敷陈出锦绣河山。汇八百里洞庭,耸七二峰衡霍;熊槐游梦泽,宋迪写潇湘;归隐陶潜记武陵,重瞳舜帝崩宁远;小乔艳骨,空余湖畔芳揺,刘发高风,直欲登台嘱母。漫说虞妃斑泪竹,李泌读书堂,虞岭绽先枝,龙宫延柳毅,且看这白沙鹤井,黄蔡盅坟,艨艟浮水橘洲头,立碛象形猴子石,都是四溟胜迹,三楚菁华。争诩地灵,复夸物宝。切摩近景,但恍疑身在层城。允宜把酒临风,岂只消闲寄兴。况还有东塘雨花,北巷霞凝,南市暮云,西亭爱晚。

下联:

心境通明,比拟乎光华日月。翻几千年史册,数廿五代人豪;正则撰离骚,叔敖埋积首;虚前贾谊开宣室,完发姜斋抗满清;老杜孤舟,徒悼耒旁空冢。士行都督,犹能运甓惜阴。至于范相岳楼文,宾之怀麓集,永州舒键笔,岳庙宿昌黎,以及那墨绶凤雏。朱张古渡,金匮伤寒长郡守,著方吞毒药王祠,并皆万世崇儒,一时俊杰。缅怀往哲,眷念今贤。展望来兹,已扫尽胸中垒块。自应输芹献曝,尤当为国分忧。莫尽耽春圃桃红,夏池荷绿,冬梅映雪,秋桂留香。

中国各地妙对

安徽上联：黄山为九州增色
江西下联：瓷器与中国同名

香港上联：荆花吐艳香江瑞
澳门下联：莲蕊临风镜海清

西藏上联：雪域春秋"扎西德勒"
新疆下联：天山南北"乌鲁木齐"

重庆上联：朝天门喜迎天下客
天津下联：塘沽港笑纳万国风

青海上联：水泽源流江河湖海
甘肃下联：金银铜铁铬镍铅锌

福建上联：品铁观音，香飘两岸
台湾下联：拜妈祖庙，情系一家

宁夏上联：红黄蓝白黑，五珍献瑞
陕西下联：字史酒医诗，诸圣流芳

广东上联：南海风清，讲述春天故事
广西下联：漓江水碧，飘来三姐新歌

湖南上联：八百里洞庭凭岳阳壮阔
湖北下联：两千年赤壁览黄鹤风流

山东上联：孔子仁，关公义，人文典范
山西下联：泰山日，壶口烟，天地奇观

贵州上联：苗寨黔山黄果树，茅台赤水
四川下联：川肴蜀绣锦官城，花泾草堂

河北上联：万里长城山海关，龙头为首
河南下联：独门绝技少林寺，天下无双

吉林上联：车轮飞转，东西南北追风去
辽宁下联：钢水奔腾，春夏秋冬入眼来

云南上联：石林自有高材生，群峰拔地
海南下联：琼海独具大手笔，五指擎天

内蒙古上联：碧草毡房，春风马背牛羊壮
黑龙江下联：苍松雪岭，沃野龙江豆谷香

影视戏曲名联

用影片、戏剧名称巧组成联
《牛郎织女》《天仙配》
《男婚女嫁》《花为媒》

《情天恨海》《红楼梦》
《好事多磨》《碧玉簪》

《五朵红云》《六盘山》
《二泉映月》《九龙滩》

《挺进中原》《车轮滚滚》
《突破乌江》《春雨潇潇》

《渔岛之子》《扬帆》《试航》《乘风破浪》
《英雄儿女》《拼搏》《创业》《耕云播雨》

描述联

1. 描景抒情

海阔凭鱼跃
天高任鸟飞

水浅能容月
山高不碍云

月明满地水
云起一天山

天上楼台山上寺
云边钟鼓水边僧
苏辙题江西龙济寺联

花雨欲随岩翠落
松风遥傍洞云寒
于谦题绍兴香炉峰联

春风放胆来梳柳
细雨沁人去润花

不明不暗朦朦月
非暖非寒慢慢风

藕入污泥，玉管通地理
荷出水面，朱笔点天文

新水涨三篙，槛外波光平似镜
好山环四面，窗前岚翠拱如屏
清代富海帆题西湖金沙港联

2. 描写田园景色

蚕老麦黄梅子熟
蝉鸣柳翠藕花香

风舞翠麦千层浪
日映红桃一片霞

3. 描述某些动植物

鼠无大小皆称老
猫有雌雄总呼儿

柳影映池鱼游树
天光入水鸭穿云

细剪山云缝补衲
闲捞溪月作蒲团

日出雪消，檐滴无云之雨
风吹尘起，地生不火之烟

白鸭和鹅，羽毛一般声各别
乌龟共鳖，形态相似壳不同

莺入梅花，似火炼黄金数点
鹭栖荷叶，如盘堆白玉一般

比喻联

云衣竹带
海帽江袜

形容流浪者

生意如春意
财源似水源

唐伯虎为商店作联

一弯西子臂
七窍比干心

朱元璋(上联)与一卖藕农民(下联)对

犁椽弯耕田直
锯齿斜断木齐

春雨潇洒花洗脸
和风吹拂柳梳头

蟹入鱼罾似蜘蛛结网
鼠偷鸡蛋如狮子盘球

学如逆水行舟，不进则退
心似平原牧马，易放难收

浪费犹如水推沙，荡金如土
节约好比燕衔泥，积宝成山

拟人联

雪造观音，日出化身归南海
云堆罗汉，风起吹步入西天

设问联

奇乎？不奇，不奇亦奇！
园耶？是园，是园非园！

20世纪40年代西安“奇园茶社”联

七盘子茶点，八盘子水果，知否民间痛苦
两点钟开会，三点钟到齐，岂是革命精神

1946年，蒋介石由重庆飞抵南京，有人开庆祝会捧蒋，冯玉祥作联

双关联

未出土时便有节
及凌云处尚虚心

清代李苦禅题竹联

清风满地难容我
明月何时再照人

清代阎尔梅作联。清风：喻指清朝政府统治；明月：指明代故国光辉

月照纱窗，个个孔明诸葛亮
雪飞梅岭，处处香山白乐天

眼珠子，鼻孔子，珠子居然高于孔子

胡后生，眉先生，后生确实长过先生

清代周起谓与老师同饮酒作联。珠子：谐音朱子，意指朱熹

潜意联

天高一尺

为政十方

某县官到任后刮地皮，天高一尺，刮去十寸

有条有理

无法无天

条：金条。法：法币（货币）

二三四五

六七八九

缺“一”，谐音“衣”；少“十”，谐音“食”

二三四五加一

六七八九添十

未晚先投二十八

鸡鸣早看三十三

二十八：指二十八宿；三十三：联意加“宿、天”

左丘明两眼无珠

赵子龙一身是胆

嵌典联

曾三颜四

禹寸陶分

郑板桥题苏州网师园联。曾三颜四：指孔子的学生曾参、颜回；禹寸：夏朝禹王爱惜“寸阴”

绣阁团圞同望月

香闺静好对弹琴

清代天津知府朱稔文的儿子结婚，纪晓岚联。将“犀牛望月”与“对牛弹琴”嵌进联里

学问无穷曾三颜四

光阴有限禹寸陶分

后人抄录上联并加字

鸟在笼中望孔明、想张飞、无奈关羽

鱼游浅水见黑河、知肇源、难进龙镇

上联嵌入三国三个人物，下联嵌入黑龙江三个地名

嵌字联

天气大寒，霜降屋檐成小雪

日光端午，清明水底见重阳

嵌进节令名

治湘有方，五大政策一把火

中心何忍，三个人头十万元

联中嵌入“治中”二字，抗战期间，蒋介石命令张治中放火烧长沙，后杀徐昆等人

翘首仰仙踪，白也仙，林也仙，苏也仙，今我实醉湖山里，非仙也仙

及时行乐地，春亦乐，夏亦乐，秋亦乐，冬来寻诗风雪中，不乐亦乐

杭州西湖“仙乐酒店”联。嵌入“仙”“乐”二字

数字联

一夜连双岁
五更分二年

咏叹除夕之夜

七鸭过河，数数三双零一只
尺蛇进洞，量量九寸带十分

数量分解巧合

孤庙独宿一将军，匹马单枪
对河两岸二渔翁，双钩并钓

“独”“一”“匹”意同，“两”“二”“双”意同

一大乔，二小乔，三寸金莲四寸腰，五匣六合七彩粉，八环九钗十倍娇
十九月，八分圆，七个进士六个还，五更四鼓三声响，二乔大乔一人聘

古时有位老先生，七个弟子中进士，两个女儿大乔、二乔想从中选婿，出上联，七个人等到五更天，未得下联，六人退出，只有一人坚持，听到更鼓声，又见六人退场，顿有所悟，作此联

拆字联

閒看門中月
思耕心上田

品泉茶三口白水
竹仙桥两个山人

“竹”形似两个“个”

尖尖帽，上小下大
圆圆玉，内圆外方

鸟入風中，衔出虫而作鳯
马行芦畔，吃尽草以变驴

“風”是“风”的繁体字，“鳯”是“风”的繁体字

棗棘为薪，截竖开横成四束
閶门启户，移多补少作双间

唐伯虎对樵夫

贾席珍失去宝贝珍珠，方为西席
陈家颜割落耳朵颜面，才是东家

古代名士贾席珍是陈家颜的先生

拼字联

二人土上坐
一月日边明

此木为柴山山出
因火成烟夕夕多

虚弄干戈原是戲
义加装点便成文

欠食饮泉，白水何堪足饱
无才抚墨，黑土岂能充饥

四口同圖，内口皆从外口管
五人共傘，小人全仗大人遮

国乱民愁，王不出头谁作主
天寒地冻，水无一滴难成冰

相传光绪帝（下联）问计于珍妃（上联）

竹寺等僧归，双手拜四维罗汉
木门闲客至，两山出大小尖峰

复字联

书生书生问先生，先生先生
步快步快追马快，马快马快

山美水美春光美，宏图更美
人新事新时代新，伟业尤新

佳水佳山佳风佳月，千秋佳地
痴声痴色痴梦痴情，几辈痴人

朱元璋赐金陵秦淮河联

民团跑，地主跑，土豪跑，劣绅跑，跑！跑！跑！跑垮反动派
工人来，农民来，士兵来，干部来，来！来！来！来建新天地

摄政王兴，摄政王亡，清室兴亡两摄政
驱胡者豪，驱胡者杰，汉家豪杰再驱胡

1909年，孙中山在美国旧金山(现名圣弗朗西斯科)创办《美洲少年》征联

叠字联

年年岁岁花相似
岁岁年年人不同

朝朝朝朝朝朝夕
长长长长长长消

云朝朝，朝朝朝，朝朝朝散
朝长长，长长长，长长长消

风风雨雨暖暖寒寒处处寻寻觅觅
莺莺燕燕花花叶叶卿卿暮暮朝朝

南南北北，文文武武，争争斗斗，时时杀杀砍砍，搜搜刮刮，看看干干净净
户户家家，女女男男，孤孤寡寡，处处惊惊慌慌，哭哭啼啼，真真惨惨凄凄

同旁联

荷花茎藕莲蓬苔
芙蓉芍药蕊芬芳

藕池亭联

迎送远近通达道
进退迟速游逍遥

车马店联

泪滴湘江流满海
嗟叹嚎啕哽咽喉

某人在湘江边吊屈原作联

道途远近逢通达
诵读论谈讲咏诗

宠宰宿寒家，穷窗寂寞
客官寓宫宦，富室宽容

闺阁闷，闻閰闹，開门闲问
官宦家，窈窕容，宜室安宁

闺阁関门，闻阁閧闹，開门问
空家寄宿，寒窗寂寞，宁寓安
“関”是“关”的繁体字，“開”是“开”的繁体字

寄寓客宅，牢守寒窗空寂寥
迷途远避，退返莲迳还逍遥
“迳”同“径”

连环联

泥罍罍泥，泥鳅跳出泥罍口
水车车水，水牛转过水车头

寿比南山，山不老，老大人，人寿年丰，丰衣足食，食千种美味；位列三台，台享荣华富贵，贵客早来，来之有理，理所当然

福如东海，海广阔，阔大人，人面兽心，心田不好，好一个坏蛋；但愿万死，死无葬身之地，地归农民，民者无忧，忧者贪官

某贪官过生日，某人作联

大尊翁，尊翁在上，上至三千里凌霄，凌霄盖高楼，楼上为你祝寿，寿山寿海寿千年，千年永康健

小晚婿，晚婿在下，下至十八层地狱，地狱掘陷井，井下让我挖泥，泥人泥鬼泥一世，一世不出头

某婿岳父过生日，婿想得笔财产，托书生写寿联讽商人重利卖廉耻，太翁寿辰坑小婿

回文联

雾锁山头山锁雾
天连水尾水连天

厦门鼓浪屿联

秀山青水青山秀
香柏古风古柏香

云南通海县寿庙联

我爱邻居邻爱我
鱼傍水活水傍鱼

风送花香红满地
地满红香花送风

天连碧树春滋雨
雨滋春树碧连天

女爱郎才郎爱女
花添锦上锦添花

僧游云隐寺，寺隐云游僧
雁飞平顶山，山顶平飞雁

花香满园亭，亭园满香花
镜如明湖水，水湖明如镜

秋中赏月对高楼，月对高楼酒上游
游上酒楼高对月，楼高对月赏中秋

谐顺联

谐顺联:顺读、倒读,谐音相同,意思明确。

画上荷花和尚画
书廊事迹侍郎书

包里精盐经理包
图间泰山太监图

谐音联

无山得似吴山好
何水能如湖水清

杭州西湖联

天空星,山上薪,人中心
云间雁,檐前燕,篱边鹦

道童锅里煎茶,不知罐煮(观主)
和尚墙头递酒,必是私沽(师姑)

唐伯虎(上联)对陈复道(下联)

李打鲤归岩,李沉鲤又出
风吹蜂落地,风停蜂再来

叠韵联

孩童上山将栗采,劈栗扑簏
老翁入市担菱卖,倾菱空笼

暑鼠凉梁,笔壁描猫惊暑鼠
饥鸡盗稻,蒙童拾石打饥鸡

谜语联

鲁肃遣子问路
阳明笑启东窗

鲁肃:字子敬;遣子:即剩“敬”;问路:即请指导;阳明:太阳;启东窗:让阳光进来,示意光临

白首穷经,少伏生八岁
青云得路,多太公二岁

伏生:汉朝人,九十岁讲《尚书》。太公(姜太公),八十岁帮助周文王打天下。北宋梁灏白发中状元,人问其年龄,于是写此联

本非正人,装作雷公模形,却少三分面目
惯开私卯,会打银子主意,绝无一点良心

上联隐“儒”,下联隐“卿”。讽四川贪官柳儒卿

哑联

村姑田里担禾上(和尚)
樵夫山前伐朽材(秀才)

莲子已成荷长(和尚)老
庄稼未种东坡荒

集句联

志见出师表
好为梁父吟

郭沫若为成都武侯祠作上联,下联集《三国志·诸葛亮传》

风定花犹落(谢贞诗)

鸟鸣山更幽(王籍诗)

王安石集联

歌词自作风格老

诗卷长流天地间

集杜甫诗文联

天若有情天亦老

月如无恨月常圆

集李贺诗联

太极两仪生四象

春宵一刻值千金

集易经、苏轼诗句

地名联

风吹径口风吹径

水吼桥头水吼桥

风吹径:广东潮州境内;"水吼桥":在庵埠镇

开福寺前,碧浪湖边桃叶渡

定王台畔,黄花园里菜根香

开福寺、碧浪湖、桃叶渡、定王台、黄花园、菜根香均为长沙市的地名

天心阁、鸽对阁,鸽飞阁不飞

水陆洲、舟望洲,舟流洲不流

天心阁、鸽对阁、水陆洲、舟望洲均为长沙市地名

金线吊灯笼,老照四方八角

玉带缠如意,连开一步三台

除"吊""缠"外,全是长沙市地名

定安全之策,坐镇琼山,开乐会以会同官,统府州县群僚,独临高位

澄迈注之怀,清扬陵水,佐文昌而昌化理,合万儋崖诸邑,共感恩波

定安、琼山、乐会、会同、临高、澄迈、陵水、文昌、昌化、感恩、万州、儋州、崖州均为海南省地名

格言联

淡泊明志

平易近人

勤能补拙

俭可养廉

春风迎绿树

山色上红楼

千流归大海

高路入云端

笔拥江山气

窗含桃李风

路遥知马力

日久见人心

室雅何须大

花香不在多

聪明在于勤奋

天才出于积累

养心莫善寡欲

至乐无如读书

郑成功联

望崦嵫而勿追
恐鹈鴂之先鸣

鲁迅联

事能知足心常泰
人到无求品自高

纪晓岚联

自闲桃源称太古
欲栽大木柱长天

杨昌济(杨开慧的父亲)联

与有肝胆人共事
从无字句处读书

周恩来联

宝剑锋从磨砺出
梅花香自苦寒来

书有未曾经我读
事无不可对人言

静坐当思自己过
闲谈莫说他人非

持其志毋暴其气
敏于事而慎于言

欲知其味须尝胆
不识人情只看花

雅士襟怀虚若竹
良朋气味淡如兰

书山有路勤为径
学海无涯苦作舟

文章应读三千卷
品行当居第一流

生平不做亏心事
世上应无切齿人

根深不怕风摇动
树正何愁日影斜

书到用时方恨少
事非经过不知难

诸葛一生唯谨慎
吕端大事不糊涂

修身岂为名传世
做事唯思利及人

处世当观天下事
读书深见古人心

风月一庭为良友
诗书半榻是严师

架上有书随我读
壶中无酒任它空

知多世事胸襟阔
阅尽人情眼界宽

有关家国书常读
无益身心事莫为

力求有功方能无过
必先去旧而后立新

蔡廷锴联